Les Deux Nouveaux

MARTYRS

Jean-Gabriel Perboyre

DE LA CONGRÉGATION DE LA MISSION, DITE DES LAZARISTES

ET

Pierre-Louis-Marie Chanel

DE LA SOCIÉTÉ DE MARIE

Béatifiés par Léon XIII, les 10 et 17 Novembre 1889

NOTICE PUBLIÉE AVEC L'APPROBATION RESPECTIVE
DES RÉVÉRENDS SUPÉRIEURS GÉNÉRAUX DES DEUX SOCIÉTÉS

par l'Auteur de l'opuscule « le Prêtre et la Situation actuelle »

Paris
LIB. INTERNATIONALE CATHOLIQUE
Rue Bonaparte, 66

Paris
LIBR. DE L'ŒUVRE DE SAINT-PAUL
Rue Cassette

H. & L. Casterman
Éditeurs Pontificaux, Imprimeurs de l'Évêché
Tournai
1890

Prière du Bienheureux Jean-Gabriel Perboyre.(1)

« O mon divin Sauveur, faites par votre toute-puissance et votr[e] infinie miséricorde, que je sois changé et tout transformé en vous[.] Que mes mains soient les mains de Jésus ; que ma langue soit la lan[-]gue de Jésus ; que tous mes sens et mon corps ne servent qu'à vou[s] glorifier. Mais surtout transformez mon âme et toutes ses puissances[;] que ma mémoire, mon intelligence, mon cœur soient la mémoire[,] l'intelligence et le cœur de Jésus. »

Dans la notice ci-jointe sur le P. Perboyre (pages 16 et 17), une chos[e] peut surprendre : tandis que dans le Ho-Nan, il n'avait que 1,500 chrétiens, sur un espace de 300 lieues, dans le Hou-Pé, il en avait 2,000 sur u[n] espace de deux à trois lieues seulement ; et il dit de plus dans une lettre qu'a[u] milieu d'eux *étaient très peu de païens*. Ce fait est d'autant plus frappan[t] que parmi les 300 millions d'habitants que possède la Chine, on ne compte que 544,000 chrétiens en tout. Nous trouvons l'explication dans le *Message[r] du Cœur de Jésus*, (janvier 1890, pages 75-78) ; lui-même l'emprunte à u[n] opuscule publié à propos de la béatification du P. Perboyre : *La coloni[e] du Sacré-Cœur dans les Cévennes de la Chine au XVIIIe siècle* (2).

On voit par cet ouvrage que les Jésuites avaient fondé au XVIIIe siècle, dans cette partie des montagnes du Hou-Pé, inhabitée naguère, une petit[e] république chrétienne, dans le genre des *Réductions* du Paraguay. « Cha[-]que famille avait l'image des Sacrés-Cœurs de Jésus et de Marie. Le soir, au retour des travaux si pénibles de la journée, un cierge était allumé et des parfums brûlaient devant elles... A cette heure, on entendait partout dans la colonie le chant de la prière et des cantiques... Tous savaient le catéchisme par cœur et le chantaient souvent durant le travail... Placés sur ces lieux élevés, au cœur du grand empire infidèle, comme sur un autel expiatoire, (ces fervents chrétiens) *s'offraient en holocauste au vrai Die[u] pour le salut de leur patrie*, et le ciel leur accorda de voir leur communaut[é] s'accroître sans rien perdre de sa ferveur. »

Par la suite, d'horribles persécutions et la suppression de la Compagni[e] de Jésus avaient comme anéanti cette admirable chrétienté. Deux fois M. Clet et le P. Perboyre l'ont ressuscitée et ne l'ont quittée que pour alle[r] au martyre. « C'est donc du sein de la colonie du Sacré-Cœur..., que le pre[-]mier Bienheureux de l'Eglise de Chine a été élevé aux honneurs suprêmes, car le P. Perboyre est le premier Bienheureux de l'Eglise de Chine, comm[e] le P. Chanel de celle de l'Océanie.

(1) Nous avons cru pouvoir donner ainsi, sur la couverture, — à cette page pour l[e] P. Perboyre, à la page troisième pour le P. Chanel, — quelques documents ou rensei[-]gnements qui n'avaient pu trouver place dans notre notice. — Ajoutons qu'au momen[t] où elle paraît (21 avril 1890), on a les meilleures nouvelles sur la splendeur de[s] *Triduums* de Belley et de Lyon (voir pages 36 et 105) ; à Lyon, les Panégyriques son[t] prêchés par Monseigneur d'Hulst, le P. Tissot et M. Jos. Lémann ; mais, comme le di[t] le Cardinal Foulon dans son mandement, le vrai fruit de ces fêtes doit être, pour nous, l'imitation de la force chrétienne des deux martyrs.

(2) Ce livre, dû au P. Chaney, S. J., complète sur ce point la grande *Vie* du Bien[-]heureux que nous signalons plus loin. (Prix de cette *Vie*, 3 francs, chez Gaume.)

LES
Deux Nouveaux Martyrs

Les Deux Nouveaux

MARTYRS

Jean-Gabriel Perboyre

DE LA CONGRÉGATION DE LA MISSION, DITE DES LAZARISTES

ET

Pierre-Louis-Marie Chanel

DE LA SOCIÉTÉ DE MARIE

Béatifiés par Léon XIII, les 10 et 17 Novembre 1889

NOTICE PUBLIÉE AVEC L'APPROBATION RESPECTIVE
DES RÉVÉRENDS SUPÉRIEURS GÉNÉRAUX DES DEUX SOCIÉTÉS

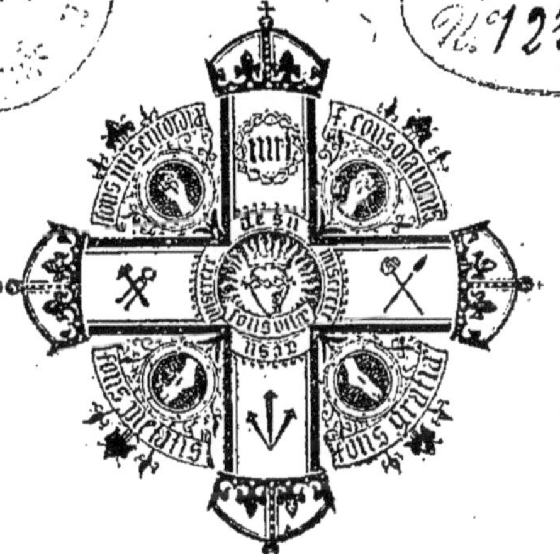

Paris
LIB. INTERNATIONALE CATHOLIQUE
Rue Bonaparte, 66

Paris
LIBR. DE L'ŒUVRE DE SAINT-PAUL
Rue Cassette 6

H. & L. Casterman
Editeurs Pontificaux, Imprimeurs de l'Evêché
Tournai
1890

IMPRIMATUR.

Tornaci, die 26a Decembris 1889.

J. HUBERLAND, can. cens. lib.

Approbation du R. M. Fiat, supérieur général des Lazaristes.

Paris, 30 novembre 1889.

Je souhaite à votre opuscule *Le nouveau martyr Jean Gabriel Perboyre* (fidèle abrégé de la grande *Vie*), le plus grand succès. Puisse-t-il par sa prompte diffusion, répandre partout la connaissance de notre Bienheureux martyr et inspirer aux fidèles le désir d'imiter les vertus dont il a donné de si admirables exemples!

A. Fiat, sup. gén.

Approbation du R. P. Martin, supérieur général de la Société de Marie.

Ste-Foy-lès-Lyon, 5 décembre 1889.

Je ne puis que m'associer aux vœux exprimés par M. le Supérieur général des Prêtres de la Mission, puisque la fraternité du martyre unit si glorieusement nos deux Bienheureux, dont vous avez désiré propager la biographie.

A. Martin, sup. gén. S. M.

Déclaration de l'Auteur.

Nous déclarons avoir l'intention, dans la présente notice, de nous conformer entièrement aux décrets du 13 mars 1625 et du 5 juin 1631, portés par Urbain VIII, et nous soumettons à tous égards cet opuscule au jugement du Saint-Siége.

Le 3 décembre 1889, fête de saint François-Xavier, modèle et patron des missionnaires.

La présente notice a paru d'abord dans les Annales Catholiques, *Revue justement estimée* (*Bureaux, rue Blomet, 114, à Paris*; *mais on y a ajouté ici, avec un assez grand nombre d'autres détails, ce qui concerne la solennité et le Bref de béatification. — A notre connaissance, aucune notice sur les deux martyrs* ensemble *n'avait été publiée encore.*

Jean-Gabriel Perboyre

DE LA CONGRÉGATION DE LA MISSION
DITE DES LAZARISTES

Léon XIII qui devait, le 10 et le 17 novembre 1889, béatifier les deux serviteurs de Dieu Perboyre et Chanel, promulguait, le 25 novembre 1888, le Décret qui constate leur martyre et leurs miracles, et il s'exprimait ainsi :

« Remercions Dieu qui par un dessein spécial de sa Providence, a permis si opportunément qu'à l'heure présente fussent proposés *aux fidèles* et *aux ministres du sanctuaire*, des modèles de si grandes vertus.

» Dans les difficiles épreuves auxquelles est aujourd'hui exposée la profession catholique, ces exemples seront un stimulant à soutenir pour la foi toutes sortes de pénibles labeurs et de sacrifices ; ils serviront à secouer la torpeur des pusillanimes, et à inculquer dans leurs cœurs cet invincible courage que nos martyrs ont montré. »

Un mois après, le Pontife nous rappelait par un nouvel acte, — la mémorable Encyclique *Exeunte jam anno,* — la nécessité de nous retremper dans cet esprit de virilité et de sacrifice, qu'il glorifiait dans les deux martyrs.

On ne peut donc mieux entrer dans les vues du Pasteur suprême qu'en considérant les exemples de ces hommes apostoliques. C'est avec une telle pensée que nous donnons une notice sur leur vie. Nous commençons par le P. Perboyre, qui a devancé le P. Chanel dans sa naissance comme dans sa mort, et qui est le premier membre de sa Congrégation placé sur les autels, depuis le fondateur, saint Vincent de Paul.

I.

Enfance et jeunesse du Bienheureux Perboyre. Son entrée dans la Congrégation de la Mission. (1802-1823.)

EN 1802, le jour de l'Epiphanie, bien choisi pour être le jour natal d'un apôtre de la foi, naquit, dans une modeste maison qu'on devait visiter avec vénération quarante ans plus tard, un enfant, qui reçut, au baptême, les noms de Jean-Gabriel.[1] C'était au Puech, hameau de la paroisse de Mongesty, situé sur un riant côteau, à trois ou quatre heures de Cahors.

Les parents, d'une piété antique, cultivaient leur patrimoine, modeste comme leur demeure. Sur leurs huit enfants, deux filles devinrent Sœurs de charité, une autre ne fut empêchée d'entrer en religion que par la mort, et trois fils se sont faits lazaristes : Jean-Gabriel notre martyr, Louis, qui mourut en route pour la Chine, et un autre, Jacques, qui vit encore, de même que les deux Sœurs de charité. Il réside à la Maison-Mère, qu'il n'a jamais quittée ; et âgé d'environ quatre-vingts ans, dont cinquante-cinq passés en religion, il semble n'attendre que d'avoir pu célébrer la messe de son frère, pour aller le rejoindre dans un monde meilleur.[2]

Jean-Gabriel était le deuxième des huit enfants et l'aîné des quatre garçons.

Dès son plus bas âge, il se fit remarquer par une tendre piété, une gravité précoce, une horreur instinctive de ce qui peut ternir la pureté, et un grand amour pour les pauvres.

(1) Pour cette notice, nous puisons dans les deux *Vies* publiées chez Gaume, par la Congrégation de la Mission, l'une in-12, l'autre in-8°. Cette dernière, qui a été préparée de longue main pour paraître aussitôt après la béatification et qui a près de 500 pages, nous laisse le regret d'omettre une foule de choses très intéressantes et édifiantes. Nous y renvoyons le lecteur. La *Vie* in-12, qui date de 1885, a 115 pages seulement.

(2) Les deux sœurs religieuses se trouvent, l'une à Naples, et l'autre en Chine ; elle a été l'une des premières à partir pour ce pays, en 1847. Elle réside à Ning-Pô, dans le Tché-Kiang.

Quand il eut six ans, on lui confia la garde d'un petit troupeau. A l'école, où on l'envoya deux ans après, il inspirait du respect à ses camarades, et le pasteur de sa paroisse fut si frappé de ses qualités qu'il l'admit à la première communion avant l'âge ordinaire. Le pieux enfant faisait ses délices de la *Vie des saints,* spécialement de celle de saint Vincent de Paul, et il exerçait, par ses paroles et son exemple, un apostolat près de ses frères et sœurs, comme auprès des ouvriers qu'il avait parfois à surveiller dans les champs.

Son jeune frère Louis, qui lui ressemblait, désirait entrer dans l'état ecclésiastique, et on l'envoya au petit séminaire de Montauban, dont leur oncle paternel était Supérieur. Comme il était timide et faible de santé, Jean-Gabriel demanda à l'accompagner et à rester avec lui deux mois, pour l'habituer à la vie du séminaire.

Il profita de ces deux mois pour acquérir par l'étude quelques connaissances. Quand son père vint le chercher, les professeurs l'engagèrent à permettre au jeune homme de commencer le latin, car ils étaient ravis de ses heureuses dispositions. Le père consulta Jean-Gabriel lui-même. Celui-ci demanda du temps pour réfléchir devant le Seigneur sur cette décision, dont il sentait toute la gravité. Le 16 juin 1817, il écrivait à son père, qui était reparti : « Après bien des prières, j'ai cru que le Seigneur voulait que j'entrasse dans l'état ecclésiastique....; mon seul regret sera de ne pouvoir vous soulager dans vos grandes occupations.[1] »

Le pieux jeune homme, qui avait alors quinze ans, fit de tels progrès dans ses études qu'au bout de six mois, on le

(1) Bien que nous désirions, dans le présent abrégé, réunir le plus grand nombre possible de faits et de citations, notre dessein est d'être très courts; c'est pourquoi, dans les paroles que nous reproduisons, comme celles qu'on vient de lire, nous nous bornons à ce qui est le plus saillant. Nous indiquons par des points les suppressions, lorsqu'elles sont considérables. Si, par le même motif de brièveté ou pour relier les phrases, il nous arrive de substituer un mot à d'autres, nous le mettons *entre parenthèse.* — Pour voir ces citations dans leur intégrité, consulter les ouvrages mentionnés ci-dessus, surtout la *Vie* in-8° ; elle contient un grand nombre de documents émanant du Bienheureux ou d'autres personnes qui rapportent ses paroles, ses conseils, ce que l'on remarquait en lui.

fit passer dans la classe de cinquième, bientôt après en quatrième, puis l'année suivante, en seconde et en rhétorique. Par ses succès comme par ses vertus, il acquit l'estime de ses condisciples et celle de ses maîtres; et pourtant il ne cherchait qu'à pratiquer la parole de l'*Imitation : Aimez à vous effacer et à être réputé pour rien.*

Dans la classe de philosophie, où il entra après sa rhétorique, on put constater en lui un esprit apte à la métaphysique; et quoiqu'il n'eût point terminé ses études, son oncle n'hésita pas à le charger de remplacer un professeur qui était parti.

Dès son enfance Jean-Gabriel avait montré, nous l'avons dit, un grand amour pour les pauvres, et un attrait pour la *Vie* de saint Vincent de Paul. En 1817, à la suite d'un sermon, il s'était écrié : « Je veux être missionnaire. » Dans une composition qu'il lut publiquement à la fin de sa rhétorique, une phrase trahissait encore ses désirs : « Ah! qu'elle est belle, cette croix placée au milieu des terres infidèles et souvent arrosée du sang des apôtres de Jésus-Christ! »

Ces divers attraits l'inclinaient vers la Congrégation de la Mission, dite des Lazaristes, fondée par saint Vincent de Paul, et dont son oncle était membre. Il mûrit dans la prière son désir d'y entrer et d'aller prêcher la foi aux infidèles de la Chine; ayant fait une neuvaine à saint François Xavier, il sentit que c'étaient là les vues de Dieu sur lui. Admis, sur la demande de son oncle, il revêtit, vers la fin de 1818, les pauvres livrées du missionnaire.

Comme le noviciat de la Congrégation n'avait pu être rétabli encore à Paris, il continua à rester près de son oncle durant les deux années qui précèdent les vœux. Bien qu'il dût en même temps terminer sa philosophie et remplacer un professeur, il fut dans ce noviciat le digne émule des Jean Berchmans et des Louis de Gonzague. Un confrère, qui était novice avec lui, put faire cette déclaration : « Il a été constamment l'objet de mon étonnement et de mon admiration. J'avais beau l'épier..., même le mettre à l'épreuve..., je ne pouvais parvenir à trouver en lui quelque chose de répréhensible. J'étais en quelque sorte dépité de le voir si parfait... » Bien d'autres devaient rendre à la vertu du serviteur de Dieu un hommage semblable.

Il était donc prêt pour ce sacrifice total que sanctionnent

les vœux. Quoique, suivant le désir de leur saint fondateur, les Lazaristes ne prennent point le titre de religieux, ils prononcent cependant les trois vœux de pauvreté, de charité et d'obéissance, et y ajoutent même celui de consacrer leur vie au salut des pauvres. Ce fut le 28 décembre 1820, jour des SS. Innocents, auxquels il ressembla par la pureté et le martyre, qu'il s'offrit ainsi en holocauste dans la sainte profession; et c'est cette même année, comme le remarque le Bref de béatification, que M. Clet, dont nous reparlerons, subissait précisément le martyre.

Il fut appelé à Paris pour ses études théologiques, et il devait passer à Cahors. Ses parents s'y rendirent afin de le voir; ils le pressèrent de venir pour quelques jours dans son hameau natal : « Ce n'est pas le chemin du ciel, répondit-il; pour aller au ciel, il faut des sacrifices. »

Autant il fut regretté à Montauban, autant il fut apprécié à Paris, pour ses vertus et son application à l'étude. Il approfondissait tout et rendait compte de tout avec une précision étonnante. Saint Thomas était son auteur favori; et de même que le saint, il avait la vaine gloire en horreur et cherchait la lumière aux pieds du crucifix. Aussi les études ne diminuèrent-elles point sa ferveur, comme il arrive trop souvent. « On pourra dire sur son compte tout le bien que l'on voudra, disait un de ses compagnons, je ne crois pas qu'il soit possible d'exagérer. Il n'y avait en lui rien d'extraordinaire..., mais je n'ai jamais remarqué en lui la moindre faute; *on le trouvait parfait en tout et partout.* »

II.

Premiers emplois à Montdidier et à Saint-Flour. — Fonctions de sous-directeur du séminaire interne à Paris. — Départ pour les missions de la Chine. (1823-1835.)

Il terminait ses études théologiques en 1823, et il n'y avait que six ans qu'il avait commencé le latin. Il fut envoyé au collège de Montdidier, dans la Somme; là, il fit d'abord la classe aux plus jeunes enfants et fut chargé ensuite de la philosophie. Dans ces fonctions si différentes, il réussit également bien. Il sut porter ses élèves à la piété, et il en menait tous les jours quelques-uns visiter les pauvres ou les prisonniers, dont il s'occupait aussi au dehors.

Après deux ans, il dut revenir à Paris pour recevoir la prêtrise. Il fut ordonné en 1825, le 23 septembre, jour où son illustre Père saint Vincent de Paul, auquel l'Eglise l'a maintenant associé dans ses hommages, l'avait été en 1600 ; et l'on put répéter de lui le mot qui fut prononcé au sujet du saint : « Oh ! que voilà un prêtre qui dit bien la messe ! » C'était un ange à l'autel.

Dès lors il s'appliqua avec plus d'ardeur encore à la perfection. Nommé professeur de dogme au grand séminaire de Saint-Flour, il fit ses efforts pour communiquer aux élèves qu'il dirigeait cette perfection sacerdotale. Il excellait à répandre dans son enseignement la lumière pour l'intelligence et à en faire un aliment pour la ferveur de l'âme. Un de ses confrères, témoin journalier de ses vertus, s'écriait un jour : « Voyez-vous, M. Perboyre, c'est un saint !... »

A la fin de 1827, il dut cependant quitter cette maison où il était affectionné de tous, pour exercer dans une autre de la même ville des fonctions bien délicates. C'était une pension ecclésiastique, qui avait été créée depuis peu à Saint-Flour, et qui devint plus tard le petit séminaire, mais qui alors, était aux prises avec des difficultés de tout genre. Pour faire face à ces difficultés, on songea à M. Perboyre, et bien qu'il n'eût pas vingt-six ans encore, on le mit à la tête de cet établissement, tant il inspirait de confiance. Quant à lui, il ne se confiait qu'en Dieu, mais fort de cet appui, et ayant l'œil et la main à tout ce qui passait dans la maison, il l'eut bientôt transformée.

Il étudiait le caractère et le tempérament de chacun de ses élèves, ce qu'on ne pratique peut-être point assez dans nos écoles, et il faisait vibrer dans chaque cœur la fibre qu'il fallait toucher. Il est vrai qu'il recourait à ces moyens que seuls les saints savent employer. Un jour il mande un élève coupable, et comme ses paroles ne produisent point d'effet, tout à coup il lui dit d'une voix émue, en montrant son crucifix : « Que de tristes moments, mon ami, vous me faites passer aux pieds de Jésus en croix ! » C'en fut assez ; le rebelle était vaincu. D'autres fois il tombait à genoux devant ce même crucifix, sous les yeux du coupable, demandant pardon pour lui, et son accent pénétré l'amenait au repentir.

Le bien de ces chères âmes était le grand objet de ses prières. « Dans mon oraison, dit-il un jour avec simplicité, je réfléchis sur mes propres besoins, sur ceux des maîtres, des élèves; ensuite je supplie Notre-Seigneur d'accorder à chacun ce qu'il lui faut. »

Après cinq années écoulées dans cette maison, il fut rappelé à Paris; son départ excita des regrets universels et notamment ceux de Mgr l'évêque de Saint-Flour, qui aimait à prendre ses conseils. On était alors aux vacances de 1832, et il venait de passer quelques jours dans sa famille; c'est, croyons-nous, la seule fois qu'il s'y soit rendu. Il avait à la consoler d'un coup bien cruel : son jeune frère Louis, entré comme lui dans la Congrégation, avait succombé en se rendant en Chine. Lui-même exprimait dans des lettres touchantes l'étendue de sa douleur et son désir d'aller en Chine prendre la place de ce frère tant aimé.

On le mandait à Paris pour lui confier, comme suppléant du directeur trop âgé et infirme, le soin du noviciat, qu'on appelle, dans la Congrégation, *Séminaire interne.* S'acquittant avec son humilité ordinaire de ces fonctions si honorables et qui exigent tant de qualités, le nouveau sous-directeur fit régner une ferveur exemplaire parmi les novices. L'un d'eux, M. Joseph Girard, qui devint plus tard supérieur du grand séminaire d'Alger et qui est mort en 1879, a rendu de lui ce témoignage, qu'il était d'ailleurs bien digne de lui rendre :

« J'avais, depuis bien des années, le désir de voir un saint;... en lisant la vie des saints, je pensais qu'on s'était évertué à cacher leurs défauts... A tous les hommes que j'avais rencontré, il manquait quelque chose. Enfin je fis la connaissance de M. Perboyre... La première fois que je le vis, il était près de M. Etienne, [1] avec une soutane si pauvre, un air si humble que je le pris pour le dernier de la maison. Quand il fut sorti, je demandai ce que c'était que ce prêtre; j'eus de la peine à croire que c'était le directeur des novices... Je l'étudiai et bientôt je rendis grâce à Dieu de ce que j'avais

(1) Qui devint, bientôt après, Supérieur général.

vu un saint...; je le disais à mes amis : Maintenant je sais ce que c'est qu'un saint vivant... Il avait à peu près toujours les habits les plus pauvres du séminaire... C'était un homme de Dieu en tout : il se cachait par le sentiment de son incapacité. Il parlait peu, rarement du prochain et toujours en bien, jamais de lui-même. Ce qu'il y avait de bien remarquable, c'est qu'*il était sans défaut*... ; on peut interroger tous ceux qui l'ont connu ; ils (le proclameront) d'un commun accord. Aussi, j'avais dit plusieurs fois avant qu'il soit martyr : *M. Perboyre sera canonisé.* »

Un autre de ses novices, devenu aussi plus tard supérieur dans une autre maison, le vit, un jour qu'il lui servait la messe, élevé au-dessus de terre et ravi en extase. M. Perboyre lui fit promettre là-dessus un secret inviolable; mais, après sa mort, l'obligation du secret cessant, cet heureux témoin put révéler le fait.

Un tel directeur était bien capable de former des hommes apostoliques pour tous les ministères de la Congrégation, et notamment pour les missions lointaines. Toutefois ce n'était point assez pour lui; il voulait féconder lui-même ces missions de ses sueurs et de son sang.

Ce désir avait été le motif dominant de son entrée dans la Congrégation; la pensée du martyre surtout faisait battre son cœur. Il enviait le sort de cet autre prêtre de la Mission, M. Clet, qui fut martyrisé en Chine : « Quelle belle fin que celle de M. Clet! disait-il; priez Dieu que je finisse comme lui. » Il réunit un jour les novices pour leur montrer la corde qui avait étranglé ce vaillant confesseur, et il s'écria : « Quel bonheur pour nous, si nous avions un jour le même sort! » Puis, il dit à l'un d'eux : « Priez bien que ma santé se fortifie et que je puisse aller en Chine,... mourir pour Jésus-Christ. »

Sa santé chancelante faisait craindre, en effet, que, s'il partait, il succomberait comme Louis son frère, avant même le terme du voyage. Et pourtant, depuis six ans, *il implorait chaque jour, en célébrant la messe, la grâce de répandre son sang pour son Sauveur*. En 1835, de nouveaux missionnaires furent désignés pour la Chine; il n'était point du nombre : un nuage passa sur son front, si serein d'ordinaire. Enfin, il va se jeter aux pieds du supérieur général et le supplie de le laisser partir. Le médecin, consulté, donne un avis contraire; mais c'était la veille de la Purification. M. Perboyre remit sa cause à Marie; de la nuit, le médecin ne put dormir par le regret de sa décision. Il allait la retirer dès le matin; et M. Perboyre reçut l'autorisation après laquelle il soupirait.

Le jour du départ, les novices voulurent l'entendre une fois encore; mais le sentiment profond de son néant et l'émotion étouffèrent sa voix. Il descendit de chaire, puis, agenouillé devant eux, il leur demanda pardon des mauvais exemples qu'il leur avait donnés. Ils répondirent par des larmes, et tombant pareillement à genoux, sollicitèrent sa bénédiction.

Les autres membres de la maison, y compris le supérieur général, se réunirent dans la cour d'honneur pour recevoir, eux aussi sa bénédiction et le serrer une dernière fois entre leurs bras. Tous pleuraient et se recommandaient à ses prières. On se sépara enfin, et il se rendit au Hâvre avec deux jeunes missionnaires qui allaient comme lui en Chine.

III.

Voyage du Hâvre à Macao, et de Macao à la mission du Ho-Nan. (1835-1836.)

Ce fut le samedi 21 mars 1835, qu'il s'embarqua avec ses deux collègues et cinq prêtres des Missions étrangères. La pensée de son frère Louis, qui était parti du même port, remplit tout à coup son esprit. « Je me sentis invité à mettre notre traversée sous sa protection, écrivait-il, et mes yeux furent inondés de larmes,... de larmes délicieuses. » Les premiers jours un vent violent soufflait; mais le calme se fit et les missionnaires purent, à tour de rôle, dire la messe les dimanches. « Oh! écrivait encore M. Perboyre, qu'on se sent heureux sur ce vaste désert de l'Océan, de se retrouver en compagnie de Notre-Seigneur!... Il nous faisait oublier les peines passées. »

Le dernier jour du mois de Marie se déchaîna une horrible tempête : « Les hautes montagnes formées de vagues écumantes qui à chaque instant s'élevaient presque à pic devant et derrière nous, en nous enfermant dans de profonds abîmes, étaient à la fois effrayantes et admirables : *mirabiles elationes maris.* » Sur le soir tous les missionnaires invoquèrent en commun la sainte Vierge. « A peine eurent-ils levé les mains vers l'*Etoile de la mer,* que la tempête s'apaisa peu à peu. — Depuis que je me suis embarqué, disait-il dans une autre lettre, ni l'immensité, ni la profondeur, ni l'agitation des flots ne m'ont causé le moindre effroi. »

En somme, sa santé gagna dans le voyage. Il souffrit pourtant du mal de mer durant plusieurs semaines ; mais il eut, malgré cela, l'énergie de ne se coucher jamais pendant le jour et de n'interrompre ni ses études ni ses exercices de piété. Fidèle à employer ainsi son temps d'une manière utile, il ne se permettait point les conversations oiseuses.

Arrivés à Java, les missionnaires durent prendre un autre navire, et ils abordèrent sur la terre de Chine, à Macao, le 29 août, fête du martyre de saint Jean, patron de M. Perboyre. « *M'y voilà !* écrivait-il, sur cette terre après laquelle nous soupirions depuis si longtemps ;... béni soit le Seigneur. » Pour apprendre la langue et les usages chinois, il dut rester quelques mois à Macao, et il fit de ce temps une longue retraite spirituelle. Malgré son recueillement, il disait : « Nous n'avons pu méconnaître que *rarement se sanctifient ceux qui voyagent beaucoup*. Nous avions besoin, avant notre grande campagne, de nous recueillir.... Ici, dans notre séminaire chinois, comme à Paris, l'humilité et la charité ont créé un paradis terrestre, qu'il faut habiter pour s'en former une idée. »

Ses confrères furent tellement embaumés de ses vertus qu'ils n'en parlaient ensuite qu'avec larmes.

En dépit de maux de tête presque continuels, il réussit si bien dans l'étude de la langue qu'au bout de peu de temps il put prêcher et confesser, et que plus tard ses juges furent tout surpris de ce qu'il la connaissait à ce point.

Il attendait avec un saint abandon qu'on lui confiât un poste. Enfin, au mois de décembre, il fut désigné pour le Ho-Nan, province reculée de l'intérieur, où il fallait un missionnaire d'une vertu éprouvée. Pour s'y rendre, il dut d'abord longer les côtes par mer, durant deux mois ; puis, après quinze jours passés dans la belle chrétienté du Fo-Kien, il s'enfonça dans les terres, et traversa la province du Kiang-Si, au milieu de tous les dangers. « Parcourant un pays dont (nous ne possédions) bien ni la langue ni les habitudes et dont l'entrée est interdite sous peine de mort à tout Européen, nous allions d'abord avec incertitude.... Mais à mesure que notre petite expérience s'augmentait, notre assurance s'augmentait aussi;... nous mettions notre confiance en Dieu. »

Le 15 avril, il arrivait à la chrétienté de Han-Kéou, à côté de Ou-Tchang-Fou, capitale du Hou-Pé. Le premier Office qu'il y récita fut celui de saint Clet, martyr; or, c'est précisément là que M. Clet, dont il enviait tant le sort, avait donné sa vie pour la foi. Il aurait vivement désiré pouvoir se rendre à son tombeau, distant de deux lieues; mais on lui conseilla de différer ce pèlerinage. C'est après sa mort qu'il devait le faire; car, l'ayant ramené dans ce lieu pour y subir, comme M. Clet, le martyre, la Providence voulut qu'il fût enseveli dans le même tombeau que lui.

Il rejoignit dans les montagnes deux de ses confrères, et après quelque temps, continua sa route, en barque d'abord, sur un fleuve, puis à pied, parmi des montagnes abruptes et au prix de toutes les fatigues. « Parvenu au bas de la dernière montagne, dit-il, je me rappelai que je portais une petite croix qui avait l'indulgence du Chemin de la Croix; c'était bien le cas de tâcher de la gagner.... La pluie tombait à verse. Je m'asseyais sur toutes les pierres que je rencontrais, puis je me remettais à grimper, parfois avec les mains. J'aurais grimpé avec les dents, pour suivre la voie que la Providence m'avait tracée. »

Les chrétiens, prévenus, vinrent au devant de lui et le ranimèrent en lui apprenant que, là et dans les environs, il n'y avait que des chrétiens comme eux. Il parvint à la maison des missionnaires, cachée dans un bosquet de bambous; il dut encore en repartir pour arriver cinq jours après, vers minuit, à la résidence qui lui avait été assignée et qui était celle même où fut opérée l'arrestation de M. Clet. On était en juillet 1836; il y avait seize mois qu'il avait quitté la France, et il avait parcouru huit mille lieues.

IV.

Travaux apostoliques dans le Ho-Nan et le Hou-Pé. (1836-1839.)

Une grave et longue maladie laissa craindre que Dieu ne voulût déjà lui donner la couronne. Il se remit pourtant et entreprit avec un confrère chinois sa première mission. Elle eut un plein succès pour les âmes, qu'il réussit à faire sortir de l'habitude du péché. Il se lança alors tout à fait dans la carrière et continua à obtenir de grands fruits, mais non sans des fatigues extrêmes. — « Pour visiter quinze cents chrétiens, distribués en une vingtaine de (groupes), il nous a fallu faire plus de trois cents lieues, écrivait-il[1]... Cette tournée a duré six mois. Supposons notre point de départ à Cahors ; ensuite allons faire d'autres missions à Alby, à Orléans, à Amiens ; c'est à peu près le tableau des distances.... Nous voyagions à pied ou sur des chars non suspendus, par des chemins qui ne sont entretenus (par personne) ; partant de nuit et arrivant de nuit, la barbe blanchie par le givre d'hiver, le visage hâlé par les chaleurs d'été. Pour les auberges,... si l'on est avide de mortifications, il y a là de quoi faire une sainte fortune. Le meilleur lit qu'on y trouve est une natte étendue par terre ou sur un tréteau.

» Dans ces auberges, nous avons été parfois importunés par la police, ou par des gens de tribunal, qui nous forçaient à leur céder notre logement. Soutenir le personnage de concitoyen n'est pas la plus petite incommodité pour le missionnaire ; il laisse parler et agir les chrétiens qui l'accompagnent... ; mais il sent au dedans de lui une liberté de cœur qui l'élève au-dessus de tout.

« J'ai plusieurs fois suivi les routes que M. Clet avait parcourues chargé de chaînes, et ce n'est pas sans émotion que j'en entendais rappeler le souvenir. Je me félicite de

(1) La *Vie* complète reproduit des lettres étendues et d'un grand intérêt sur tous les voyages et sur le ministère de l'apôtre.

travailler dans cette portion de la vigne du Seigneur qu'il a cultivée; son souvenir, qu'on conserve si précieusement, ne sert pas peu à m'animer à marcher sur ses traces.... Les peines ne manquent pas au missionnaire, mais elles méritent bien qu'on aille les chercher au bout du monde! »

Comme le dit un témoin cité dans le procès apostolique, si grand que fût le danger de la persécution, il ne ralentissait point le zèle de M. Perboyre.

Deux années s'étaient écoulées dans le Ho-Nan quand il dut le quitter pour le Hou-Pé, province qu'il avait traversée en venant, et dont les missionnaires l'appelaient pour leur prêter renfort. Là son ministère était tout différent; il n'avait à s'occuper que d'un district de deux à trois lieues. où se trouvaient deux mille chrétiens, mais tous dispersés; il était donc comme un curé au milieu d'une vaste paroisse de montagnes. Le travail, du reste, n'était guère moindre; les dimanches, surtout, il était extrême. « Les occupations, écrivait-il, ne me laissent le temps de regarder ni devant, ni derrière.... Je ne puis dire que j'aie joui d'un seul moment de vacances, parce que nos chrétiens aiment à se confesser souvent. Si, à une fête, on pouvait en confesser mille et plus, ils seraient disposés. »

« D'un cœur joyeux, dit encore un témoin, il recevait tous ceux qui venaient le visiter..., sans jamais les faire attendre, alors même que c'était l'heure des repas, qu'il interrompait aussitôt. »

Aux fatigues se joignait une vie mortifiée et pauvre : pour demeure, des maisons obscures et malsaines, presque sans fenêtres, où l'on ne pouvait faire du feu sans être asphyxié par la fumée; pour nourriture un peu de riz avec des herbes cuites sans assaisonnement, et encore n'en avait-on pas toujours; pour couche, la terre nue ou une planche couverte d'une natte. Les chaleurs excessives s'ajoutaient à tout cela pour faire souffrir M. Perboyre, faible de tempérament et sujet à plusieurs infirmités. Et pourtant, il s'imposait encore de sévères pénitences, se déchirait par des disciplines, portait un rude cilice et une chaîne de fer comme ceinture : ceux qui lavaient ses vêtements les trouvaient baignés de sang. Enfin son contact avec les pauvres chrétiens lui communiquait de la vermine; et, à l'exemple de plusieurs saints, il ne faisait rien pour se délivrer de ce supplice.

Aussi, ces souffrances fécondaient-elles son ministère; il ramenait les pécheurs et trempait les âmes pour les luttes de la foi. Lui-même semblait se préparer à ces luttes par la lecture des *Actes des Martyrs*. Mais avant de le conduire au Calvaire, le Seigneur voulut le faire participer à son Agonie. Pendant plusieurs mois, il fut agité d'une violente tentation de désespoir : rien de ce qui le consolait et le fortifiait d'ordinaire ne lui procurait alors de soulagement. Il ne pouvait plus ni manger ni dormir; et il eût succombé à cette épreuve; mais Notre-Seigneur lui apparut avec un regard plein de bonté et lui dit : « Que crains-tu? Ne suis-je pas mort pour toi? Mets ta main dans mon côté et ne redoute plus. » La paix lui fut rendue à ce moment; rien ne la troubla désormais; et, chose étonnante, l'extrême maigreur que lui avait causée cette épreuve disparut presque aussitôt. C'est lui-même, plus tard, qui a raconté le fait, ayant l'air de parler d'un tiers. Cette apparition fut comme celle de l'ange à Notre-Seigneur au Jardin des olives : le Bref de béatification qui la rapporte, — de même que les mortifications volontaires de l'apôtre, — en fait la remarque.

V.

Arrestation de M. Perboyre. — Interrogatoires qu'il subit en divers lieux. — On le conduit à Ou-Tchang-Fou, capitale du Hou-Pé. (1839.)

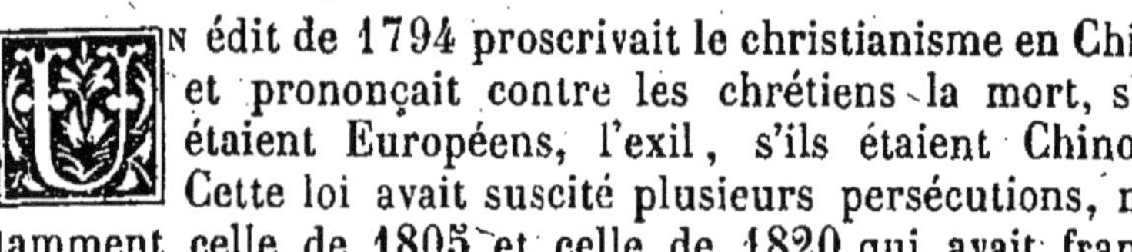

Un édit de 1794 proscrivait le christianisme en Chine et prononçait contre les chrétiens la mort, s'ils étaient Européens, l'exil, s'ils étaient Chinois. Cette loi avait suscité plusieurs persécutions, notamment celle de 1805 et celle de 1820 qui avait frappé M. Clet. Depuis longtemps néanmoins, on laissait les chrétiens en repos, quand tout à coup recommença la tempête. Quelques fidèles furent arrêtés dans une ville, et l'un d'eux fit connaître le lieu où se trouvaient les missionnaires. C'était alors un village, près du marché de Kouang-In-Tam; M. Perboyre, réuni à trois prêtres, entre autres le P. Rizzolati dont nous reparlerons, y célébrait la fête du saint Nom de Marie : c'était le dimanche 15 septembre 1839.

Des soldats furent envoyés pour les saisir. La dernière messe venait de finir quand les missionnaires furent avertis du danger. Deux d'entre eux, par prudence, quittèrent ce lieu aussitôt ; M. Perboyre ne pouvait se résoudre à les imiter ; enfin, au dernier moment, emportant les objets sacrés qu'il peut recueillir, il se cache dans un bois voisin. Le lendemain il gagne un autre abri qui paraissait sûr ; mais pour qu'il soit plus conforme à son Maître, il est trahi par un des siens, un néophyte qui, pour trente pièces d'argent, fait connaître sa retraite. Les soldats entourent la forêt et s'avancent vers le serviteur de Dieu qui était avec trois chrétiens. L'un d'eux propose de résister par la force ; mais, comme Jésus quand il était à Gethsémani avec ses trois disciples, M. Perboyre le lui défend, et sauf un des trois qui put s'enfuir, ils sont arrêtés avec une vingtaine d'autres chrétiens, cachés aussi dans la forêt.

Les soldats traînent avec fureur le missionnaire par sa chevelure, réunie en forme de queue, à la manière chinoise. Ils le dépouillent, ne lui laissent qu'un caleçon et une chemise en lambeaux ; puis le conduisent, les mains liées derrière le dos et une chaîne au cou, vers le marché voisin, où un mandarin l'attendait. Là, ils le font mettre à genoux et lui tirent les oreilles et les cheveux pour l'obliger à regarder le mandarin. Celui-ci le fait traîner, chargé de nouvelles chaînes, chez un homme connu par sa cruauté. Le lendemain matin il ordonne qu'on le mène à la ville de Kou-Tching-Hien. La distance était grande et M. Perboyre, brisé par les violences, la fatigue et la faim, ne pouvait presque marcher. La foule l'accable d'outrages, quand, nouveau Cyrénéen, un païen touché de compassion, obtient de le faire transporter en litière, à ses frais, et l'accompagne. Le Serviteur de Dieu le remercia avec effusion et, comme nous le dirons plus loin, il lui apparut après son martyre, pour lui obtenir le baptême.

A Kou-Tching-Hien, il subit deux interrogatoires ; dès le premier, il fut souffleté et frappé d'une centaine de coups de bambou. Dans le second, le mandarin fit apporter les objets du culte qu'on avait enlevés dans sa résidence, et lui montrant la boîte des saintes huiles, lui demanda si elle ne contenait point l'eau des yeux arrachés aux malades : c'est l'une des calomnies qui ont cours en Chine contre les chrétiens. « Jamais je n'ai commis un pareil crime », répondit M. Perboyre. Le mandarin l'accusa aussi d'une manière grossière au sujet d'une vierge chrétienne, Anna Kao, saisie dans la même persécution, et qui, après avoir intrépidement confessé la foi, devait être envoyée en exil au Su-Tchuen. — M. Perboyre répondit que les vierges n'étaient point employées au service des missionnaires, qu'ils étaient servis et accompagnés par des hommes. « Si tu n'abjures, dit le mandarin, je te mettrai à mort. — Je serai heureux de mourir pour ma foi. » Pour cette réponse, il fut frappé au visage de quarante coups d'une forte lanière qui le meurtrit horriblement.

Dans l'intervalle de ces interrogatoires, il était reconduit en prison, où il était livré sans défense à la barbarie des satellites. Pourtant il a écrit lui-même qu'à Kou-Tching-Hien, il fut traité avec assez d'humanité, tout en ajoutant que dans l'un des interrogatoires, il resta une demi-journée les genoux nus sur des chaînes de fer et suspendu par les pouces et les cheveux. Depuis son arrestation, il n'avait pas laissé échapper une plainte; il devait garder jusqu'à la fin ce silence héroïque.

De Kou-Tching-Hien, il fut conduit à Siang-Yang-Fou, ville de premier ordre, distante de quatorze lieues. Le trajet se fit sur le fleuve Han-Kiang. M. Perboyre fut jeté dans une barque, pieds et mains liés, séparé des autres chrétiens et sans recevoir la nourriture qu'on donnait à ceux-ci.

A Siang-Yang-Fou, il comparut devant deux mandarins, puis devant le tribunal fiscal. Là se reproduisirent les scènes de Kou-Tching-Hien; mais en outre, il eut à y souffrir dans son âme et dans sa dignité d'homme plus encore que dans ses membres : les accusations au sujet des vierges chrétiennes ayant été renouvelées, on le soumit à une épreuve qui fut un nouveau triomphe, mais qui lui fit subir cette torture morale, bien plus cruelle pour lui que les autres.

Après un mois passé dans ces divers interrogatoires, on décida de l'envoyer à Ou-Tchang-Fou, capitale du Hou-Pé, distante de cinquante lieues, pour y subir son arrêt.

VI

Autres interrogatoires, tortures et horrible prison qu'il subit à Ou-Tchang-Fou. (1839-1840.)

Le voyage, qui se fit encore sur le fleuve, fut long et pénible pour M. Perboyre et pour ses compagnons, la vierge Anna Kao et une dizaine d'autres chrétiens. Ils furent de nouveau jetés dans une barque, ayant, tous, les fers au cou, aux mains et aux pieds, et en outre les bras attachés à une barre de fer fixée à un collier.

Au terme, bien d'autres souffrances attendaient l'apôtre. Il fut conduit, avec ses compagnons, dans la prison des plus grands criminels. Ce lieu était le type de ces affreuses prisons de la Chine, dont l'horreur dépasse tout ce que l'on peut dire. Les geôliers torturaient les captifs, pour tâcher d'obtenir d'eux ou de leurs amis quelque argent. La nourriture était insuffisante; de plus, comme les détenus ne pouvaient sortir de leur place sous aucun prétexte, la prison devenait un véritable fumier, dont il fallait constamment respirer la puanteur et d'où naissaient des légions d'insectes immondes qui dévoraient ces malheureux captifs.

Pour surcroît, afin de rendre toute évasion impossible, on fermait durant la nuit un de leurs pieds dans un étau en bois, scellé à la muraille. Les suites de ce traitement furent telles pour M. Perboyre, qu'une partie de son pied tomba en pourriture et qu'un de ses orteils se dessécha. Sa patience héroïque, qui jamais ne se démentit, toucha les gardiens eux-mêmes, qui voulurent le dispenser de ce supplice. Mais comme les scélérats enfermés avec lui murmuraient de cette préférence, il demanda à reprendre ses entraves et il les supporta joyeusement pendant les longs mois qu'il passa encore dans ce lieu.

Ce dont il souffrait bien plus et ce qui achevait de faire de la prison une sorte d'enfer, c'était la compagnie de ces scélérats, familiarisés avec tous les crimes, et qui ne gardaient de mesure, ni dans leurs paroles impies ou obscènes, ni dans leurs actes. Il ne sortait de ce séjour que pour paraître devant les juges, et dans cette ville, ces séances eurent lieu plus de vingt fois. Dès la première, il dut rester à genoux plusieurs heures, les jambes nues sur des cailloux et des chaînes. Tandis qu'il était là, un des chrétiens qui étaient traduits devant le même tribunal, lui demanda l'absolution; M. Perboyre la lui donna devant toute l'assemblée, et trois jours après, ce chrétien, qui fut héroïque, succombait dans sa prison. M. Perboyre eut à donner une autre fois encore l'absolution à un chrétien en plein tribunal.

Dans une de ces séances, on le fit mettre à genoux de la même manière, mais ayant de plus les mains élevées et chargées d'une pièce de bois; il dut la soutenir depuis le matin jusqu'au soir, et on le frappait rudement quand il fléchissait.

Ce que les mandarins cherchaient principalement à lui arracher par leurs questions, c'était le nom et la demeure des autres chrétiens et des prêtres; mais le vaillant soldat du Christ se refusa toujours à cette dénonciation qui, comme il l'écrivit plus tard, eût allumé la persécution dans tout l'Empire. Le Bref de béatification dit expressément qu'*il imita Jésus par son silence* devant ses juges.

Pendant l'un de ces interrogatoires, le mandarin lui reprocha d'être cause du triste sort des chrétiens qui étaient captifs avec lui, puis il leur ordonna de châtier celui qui les avait ainsi trompés, de lui arracher les cheveux et de lui cracher au visage. Plusieurs, six ou sept peut-être, se refusèrent à cette infamie, mais cinq furent assez lâches pour obéir et pour apostasier. Ce fut là comme le reniement de saint Pierre; l'homme de Dieu supporta cette épreuve, sensible entre toutes, avec la même patience que les autres, et ne fit entendre ni plainte ni reproche.

Revenu dans sa prison, il ne manquait point de remercier Dieu avec effusion des grâces qui venaient de lui être faites; il le suppliait de pardonner à ses persécuteurs, de soutenir jusqu'à la fin son courage, et dans cette prière il puisait la force pour de nouveaux combats.

Cette force, il allait en avoir besoin plus que jamais, pour comparaître devant le vice-roi, homme d'une férocité proverbiale. Quand on lui amenait des criminels, il s'élançait parfois de son siège, et de ses mains leur arrachait les yeux. Contre les chrétiens surtout sa fureur était sans bornes et il avait juré d'anéantir leur religion.

Ce tyran fit apporter une image de la sainte Vierge, prise dans la maison des missionnaires ; renouvelant une calomnie dont nous avons parlé plus haut, il accusa M. Perboyre d'avoir arraché lui-même les yeux à des malades et d'avoir extrait de là les couleurs qui composaient ce tableau, et il le fit suspendre par les cheveux pour plusieurs heures. On ne peut dire toutes les cruautés qu'il lui infligea. Dans une de ces horribles séances, l'homme de Dieu dut rester, lié par les mains à une espèce de croix, durant tout un jour. Tantôt on l'élevait en l'air par une poulie, et on le laissait ensuite retomber violemment ; tantôt, pendant qu'il était à genoux sur les chaînes de fer, on plaçait sur ses jambes une pièce de bois aux extrémités de laquelle deux hommes se balançaient. D'autres fois on l'attachait par des cordes sur un siège élevé et on lui suspendait aux pieds d'énormes pierres, et un jour, on grava avec un fer rouge sur son front, ces quatre mots en chinois : *Propagateur d'une secte abominable.*

Après chacun de ces interrogatoires, on était obligé de le reporter sur une civière à la prison ; pourtant, dans ces tortures, à peine lui échappait-il quelques soupirs, et une joie surnaturelle brillait sur son visage.

Le vice-roi lui accorda une trêve d'un mois, afin qu'il reprît des forces pour supporter de nouveaux supplices ; puis les interrogatoires recommencèrent. Le tyran lui demanda par quel breuvage il avait rendu insensibles ses compagnons chrétiens, qui étaient inébranlables, comme lui, dans les tourments. Un mandarin fit apporter un crucifix, et lui dit, comme on l'avait fait plusieurs fois déjà : « Si tu veux fouler aux pieds ce Dieu, je te rendrai la liberté. — Eh ! comment pourrais-je faire cette injure à mon Créateur et mon Sauveur ! » s'écrie le missionnaire les yeux remplis de larmes ; et se baissant péniblement, il prend la sainte image, la couvre de ses larmes et de baisers.

Un soldat la lui arrache et, par une inspiration satanique, la souille indignement. A cette horrible profanation, le missionnaire pousse un profond cri de douleur, le seul qu'il ait fait entendre ; et, pour son acte de piété, il reçoit cent dix coups de *pant-sé,* gros bâton de bambou, avec lequel on frappe le patient étendu la face contre terre.

On fit de plus apporter les ornements sacerdotaux,

qu'on avait saisis aussi dans la maison des missionnaires, et M. Perboyre reçut ordre de s'en revêtir. Il réfléchit un instant et obéit : déjà la même chose avait eu lieu à Siang-Yang-Fou ; sans doute, il pensait aux dérisions auxquelles Jésus s'était prêté chez Hérode et au prétoire de Pilate. Dès qu'il eût pris ces ornements, tous s'écrièrent : « Il est le Dieu vivant. » On lui donna encore quarante coups de *pant-sé ;* et comme, les yeux éteints, il n'avait plus la force de se lever, on le saisit plusieurs fois par les cheveux, pour le laisser retomber par terre, puis on lui ouvrit les yeux par force pour qu'il regardât le vice-roi.

Celui-ci, ne pouvant concevoir qu'il supportât tant de tortures avec une telle sérénité, se figura qu'il avait un secret pour ne point sentir la douleur, et l'ayant fait frapper sans que le serviteur de Dieu parût plus ému, il ordonna de le dépouiller, pour voir s'il n'aurait pas quelque talisman.

Par suite d'une infirmité, M. Perboyre portait, depuis plusieurs années, un bandage ; le tyran crut que c'était là le talisman, et malgré l'évidence de l'infirmité, il le fit arracher brutalement. Puis, pour détruire ce prétendu charme, il recourut à un spécifique accrédité en Chine ; il força le confesseur à boire le sang d'un chien qu'on égorgea, et enfin il fit imprimer sur ses jambes son sceau de mandarin.

Le serviteur de Dieu n'avait plus qu'un souffle de vie. La lendemain pourtant, le barbare vice-roi voulut qu'on le frappât de nouveau et lui dit qu'il serait torturé longtemps encore chaque jour, qu'il n'aurait la mort qu'après avoir essuyé tous les tourments. Il le fait suspendre au chevalet durant une heure et accabler de coups. A la vue de son inébranlable constance, il ne se contient plus, et pensant que les bourreaux ne frappent point assez fort, il s'élance de son siège et décharge sur le patient de tels coups que les païens eux-mêmes qui étaient là en furent indignés et qu'on crut la mort infaillible.

Quand on reporta dans sa prison le confesseur, les gardiens touchés de compassion voulurent laver ses habits tout sanglants, pour qu'ils ne se collassent pas à son corps meurtri. Un catéchiste, André Fong, qui le vit, a dit que sa figure était enflée prodigieusement ; que des lambeaux de sa chair pendaient çà et là et que d'énormes morceaux avaient été enlevés ; que tout son corps ne formait qu'une plaie et que, comme le Sauveur dans sa Passion, il n'avait plus l'apparence d'un homme. Mais dans ce corps ainsi broyé, son âme demeurait toujours sereine, son regard rayonnant à travers les meurtrissures témoignait son bonheur ; et quand ce catéchiste, qui était très dévoué, rentra dans sa prison, il le trouva à genoux, absorbé dans la prière.

VII.

Condamnation à la peine capitale. — On attend la ratification de l'Empereur. — Mort glorieuse du martyr. (Janvier-Septembre 1840.)

On était en janvier 1840, et les juges se déterminèrent à cesser une lutte où ils ne pouvaient vaincre. Avant de prononcer la sentence, le vice-roi ordonna une dernière fois à M. Perboyre et aux autres chrétiens d'apostasier : « Plutôt mourir que de renier la foi, » telle fut la réponse. « Eh bien, signez votre condamnation ! » s'écria le vice-roi ; et le missionnaire, ainsi que ses compagnons, tracèrent avec un pinceau une croix sur le papier.

Mais toute condamnation à mort devait être ratifiée par l'Empereur et M. Perboyre dut attendre huit mois cette sanction. On se demande comment il put vivre aussi longtemps, le corps tout déchiré, dans cette immonde prison où, incapable de se tenir assis ou debout, il était forcé de rester couché habituellement.

Jusqu'à ce moment aucune communication avec le dehors n'avait été permise ; mais alors Fong et d'autres chrétiens purent pénétrer près de lui. Il les pria d'amener un prêtre pour avoir la consolation de se confesser. Ce fut un prêtre chinois. Quand il arriva, à la vue du vaillant confesseur étendu sur le sol, demi-mort et le corps couvert de plaies, il ne put retenir ses larmes et il dut se faire violence pour parler.

M. Perboyre se confessa et écrivit en latin à ses confrères une courte lettre, tachée du sang qui coulait de ses mains ; nous avons relaté plus haut les principaux renseignements qu'elle contient. « Les circonstances ne me permettent pas de vous donner de longs détails, disait-il ;... plus tard vous en apprendrez d'autres. De vingt chrétiens environ qui furent pris avec moi, les deux tiers ont apostasié. » C'est donc six ou sept qui demeurèrent fidèles.

Il reçut dès lors assez souvent la visite des chrétiens du dehors. Il fut même soigné avec dévouement par un médecin païen, touché de sa douceur ; on put lui porter des habits, un matelas et une couverture. Mais, hélas ! ce qu'on ne put lui porter, ce fut la divine Eucharistie dont il était privé depuis plusieurs mois. Il dut y renoncer, parce que les gardiens devaient goûter à tout ce qu'on lui offrait, de peur qu'on ne l'empoisonnât pour le dérober au supplice public.

Les scélérats enfermés avec lui subirent eux-mêmes le charme de sa douceur, et dans un sentiment de respect, qui pour la première fois peut-être trouvait place dans leur cœur, ils le plaignaient tout haut. Pour lui, bien loin de se croire digne de compassion, il ne pouvait assez se féliciter, et ses souffrances du jour et de la nuit lui étaient une source de joie.

Cependant le moment du triomphe approchait. Le vendredi 11 septembre 1840, la décision de l'Empereur arriva. L'usage est qu'elle soit exécutée immédiatement, et que l'on conduise les condamnés au pas de course vers le supplice. Deux hommes les entraînent, au son des cymbales. C'est ainsi que M. Perboyre fut mené au gibet ; et de même que son divin Maître, ce fut en compagnie de plusieurs malfaiteurs. Ses mains, attachées derrière le dos, tenaient une longue perche qui portait écrit son arrêt de mort, comme pour rappeler l'inscription de la Croix. Chose surprenante : il avait repris ses forces, ses plaies ne paraissaient plus, et son visage brillait d'un éclat céleste, pendant qu'il récitait des prières à demi-voix.

Arrivé au lieu de l'exécution, il se mit à genoux ; les spectateurs, attirés par le bruit des cymbales, furent émus de voir cette attitude recueillie ; déjà, connaissant sa patience, ils murmuraient de ce qu'on allait tuer cet homme *égal aux dieux*. Un chrétien qui était là et qui cachait ses larmes, les entendit s'écrier : « Voilà l'Européen qui se met à genoux et qui prie ! »

Quand on eut décapité les autres prisonniers, on dépouilla

le confesseur de la robe rouge des condamnés, dont il était revêtu, et on ne lui laissa qu'un caleçon ; puis on le lia au gibet où il devait être étranglé. Ce gibet avait la forme d'une croix, et il y fut attaché les jambes repliées : on eût dit un homme à genoux au-dessus de terre. Pour lui faire sentir les horreurs de la mort, le bourreau tordit deux fois la fatale corde, avant de donner le coup décisif. Il semblait conserver un reste de vie ; un satellite, pour l'achever, le frappa violemment dans le bas ventre, lui imprimant ainsi un dernier trait de similitude avec le Sauveur percé d'une lance.

On ne peut s'empêcher de remarquer tous ces traits de conformité entre la Passion du Maître et celle du disciple. Comme son Maître, M. Perboyre ayant eu une sorte d'agonie avec une apparition céleste, fut vendu par un des siens, traîné de tribunal en tribunal, revêtu d'habits de dérision, condamné injustement à mort, amené au supplice avec des malfaiteurs, attaché à une croix un vendredi, et le Bref de béatification dit que ce fut à peu près vers l'heure où le Sauveur mourut ; — enfin, frappé encore par un dernier coup.

Comme lui aussi il fut glorifié dans sa mort ; son corps, loin de présenter l'aspect horrible d'un homme étranglé, avait une beauté supérieure à celle qu'il avait vivant. Sa figure n'était point livide ; ses yeux, au lieu de sortir de leur orbite, étaient modestement baissés. Sa langue n'avançait point hors de la bouche, qui semblait sourire, et dans ses membres on ne voyait plus les traces des cruels traitements qu'il avait subis. Enfin autour de sa tête paraissait une auréole lumineuse, que virent un grand nombre de témoins, et d'autant mieux que le corps resta jusqu'au lendemain sur le gibet.

Le spectacle de ces prodiges détermina un païen à se convertir. Les vêtements du martyr et surtout son corps furent achetés par Fong et quelques chrétiens aux satellites, qui échangèrent son cercueil contre un autre rempli de terre. Ces chrétiens lavèrent avec vénération le saint corps qui avait tant souffert, et le revêtirent de riches habits ; puis ils l'ensevelirent à côté de ce même M. Clet, avec lequel M. Perboyre avait eu, dans sa vie et dans sa mort, tant d'analogies, et dont il avait voulu visiter le tombeau : *Amabiles in vita sua, in morte quoque non sunt divisi* (II Reg., I, 23).

L'héroïque confesseur n'avait pas trente-neuf ans ; quand on songe qu'à quinze ans il n'avait pas commencé ses études, on admire comment, dans un temps relativement si court, il a pu, après les avoir faites, exercer les fonctions de professeur dans un petit et dans un grand séminaire, de supérieur d'un collège, de directeur du noviciat, et enfin de missionnaire en deux résidences. — Sa mère apprit sa captivité et sa mort avec un courage admirable, s'unissant à Marie au pied de la croix, et ne voulant point s'attrister de ce qui avait comblé les désirs de son fils.

VIII.

Vénération dont M. Perboyre est l'objet; ses vertus et ses lumières. — Faits extraordinaires — Procès de béatification. (1840-1889.)

« QUAND même M. Perboyre n'eût point remporté la palme du martyre, ses vertus héroïques lui auraient mérité de monter sur les autels. » Tel était le témoignage de Mgr Rizzolati, franciscain, qui, étant simple religieux, l'avait connu dans sa mission (Voir p. 18), et qui, devenu Vicaire apostolique de la province, fit dans sa cause, le premier procès en 1845. Beaucoup d'autres témoignages, — nous en avons cité quelques-uns, — corroborent cette assertion ; les termes même du Bref pontifical et des oraisons du Bienheureux semblent l'appuyer.

Partout, dans sa paroisse natale, où, comme le remarque le Bref, on l'appelait déjà le *petit saint,* à Montauban, à Paris, à Montdidier, dans les lieux divers où il a passé en Chine, il a laissé une réputation de sainteté. — « Nommez les vertus, disait un de ses professeurs de Montauban, il les avait toutes ; nommez les défauts, je n'en ai jamais remarqué. »

Aussi l'avocat de la cause a-t-il pu dire, en groupant ces témoignages : « *Il n'est pas une seule vertu qu'il n'ait pratiquée jusqu'à l'héroïsme.* » Et il les pratiquait, ces vertus, dans une si juste mesure, qu'il était difficile d'indiquer celle qui dominait, avec tant de constance qu'on ne pouvait guère dire s'il avait des moments de plus grande ferveur.

Il faut lire dans sa *Vie* complète, où elle occupe cent vingt grandes pages, la partie qui concerne ces vertus qu'on admirait en lui : sa foi, sa confiance absolue en la Providence, son amour pour Dieu, auquel il était continuellement uni et dont les grandeurs le ravissaient; son amour spécialement pour Notre-Seigneur, qu'il trouvait dans ces trois manifestations : le *crucifix*, symbole de la Passion, l'*Evangile*, l'*Eucharistie;* la piété avec laquelle il disait la messe et le bréviaire; sa douceur et son affabilité pour le prochain; son humilité prodigieuse, par laquelle il se regardait comme un indigne pécheur, se recommandant toujours aux prières de chacun; son amour du silence et sa réserve dans ses paroles; sa mortification, sa modestie qui lui faisait tenir toujours les yeux baissés, surtout devant les femmes, avec lesquelles il n'admettait que les rapports indispensables; enfin son égalité parfaite, qui le rendait toujours pareil à lui-même, calme et serein devant le blâme ou l'éloge et au milieu des vicissitudes les plus diverses.

Il semblait avoir deux âmes, l'une toute à Dieu, l'autre à l'action du moment. Il suspendait souvent son travail pour considérer ou baiser son crucifix; il faisait d'ailleurs chaque action comme si elle eût été la seule à faire; et c'est un point sur lequel il insistait dans ses conseils.

Quand on entrait dans sa chambre, on le trouvait parfois pleurant devant son crucifix, et si absorbé qu'il n'entendait rien. En célébrant la messe ou en récitant le bréviaire, il était souvent arrêté, comme ravi hors de lui-même. A l'exemple de saint Vincent de Paul, si quelqu'un se plaignait de lui, il faisait des excuses à genoux, sans qu'il eût aucun tort. Il prenait fréquemment pour sujet d'oraison les fautes qu'il croyait avoir commises la veille; et c'est une pratique qu'il recommandait également aux autres. La seule imperfection pourtant qu'on ait pu saisir en lui, c'est une certaine émotion dans quelques circonstances, et il s'en accusait, comme ayant donné un scandale.

Les péchés et les ingratitudes des hommes le pénétraient aussi de douleur. Après sa traversée de Chine, il écrivait : « Plus on parcourt la terre, plus on est frappé de cette vérité : *La terre est pleine de la miséricorde du Seigneur* (Ps. XXXII); mais plus on l'est aussi de celle-ci : *La terre est couverte de désolation* (Jer. XII). De quelque côté qu'on se tourne, on la trouve infestée de vices. Il y a des saints qui sont morts de douleur de voir Dieu si offensé...; ce qui est (plus étonnant), c'est que ce ne soit pas là la mort de tous les prêtres, établis pour purger la terre du maudit péché. »

La beauté de son âme se reflétait dans son extérieur — il était de petite taille et blond de chevelure; — et sur son visage, naturellement coloré, régnait un paisible sourire.

Dans M. Perboyre, on n'avait guère moins à admirer les lumières que les vertus. Il possédait à fond la doctrine de saint Thomas, et plus encore la doctrine de saint Paul, dont il savait les Epîtres par cœur, et celle du saint Evangile. Il disait, parlant des livres dont on se sert pour faire l'oraison : « Le langage humain paraît plus ou moins (dans tous les livres). Servez-vous du saint Evangile, et si vous vous trouvez embarrassé sur quelque passage, adressez-vous au Saint-Esprit; voilà le meilleur commentateur. »

Il approfondissait les raisons de chaque maxime ou pratique, dans la spiritualité; mais c'est surtout dans le commerce avec Dieu qu'il puisait la lumière. Il affectionnait cet endroit de l'*Imitation* (I, 3) : « Celui à qui parle le Verbe est délivré de bien des doutes, tandis que je n'éprouve souvent qu'ennui à lire et à entendre beaucoup de choses... Que les créatures se taisent; parlez-moi vous seul. »

Il trouvait dans le Symbole des Apôtres toute la formule de la vie spirituelle; en nous l'homme intérieur doit, comme Jésus-Christ, être *conçu par l'opération du Saint-Esprit* et formé par son action, *naître de la Vierge Marie*, Mère de la divine grâce, *souffrir, mourir* au monde et à lui-même, *être enseveli,* puis *ressusciter* et vivre d'une *vie céleste.*

Il avait aussi des vues très profondes sur le sacerdoce, sur la messe et les sentiments où doit entrer le prêtre dans chacune de ses parties. Il disait que, pour bien la célébrer, le prêtre pouvait se figurer être le seul qui fût au monde et entendre toutes les âmes de la terre et du Purgatoire criant vers lui dans leurs besoins; qu'il devait désirer de s'immoler avec le Sauveur et, en prononçant ces mots : *Ceci est mon corps,* d'être transformé en lui, de même que les espèces sacramentelles. Il disait encore que le bréviaire est comme un second sacrifice et qu'en le récitant, le prêtre doit pareillement se voir chargé des besoins de toutes les âmes. — Pour ces pensées aussi, il faut recourir à la *Vie* complète.

Après le martyre de M. Perboyre, la vénération que provoquaient de son vivant ses vertus et ses lumières, devint une sorte de culte; des faits extraordinaires semblèrent l'autoriser, et il s'en est produit un grand nombre.

D'abord, lors de son martyre, une croix lumineuse, grande et bien formée, apparut dans le ciel; elle fut aperçue en même temps par beaucoup de chrétiens et de païens qui habitaient des districts très éloignés. Et ce fait est constaté par une enquête qu'entreprit un évêque, Mgr Clauzetto, qui baptisa les païens convertis par ce spectacle.

Le serviteur de Dieu se montra lui-même après sa mort à diverses personnes, dont le témoignage paraît indubitable. Il apparut notamment, dans un songe, à ce charitable païen qui l'avait fait porter en litière, au début de sa captivité. Cet homme, qui était gravement malade, fut guéri pour quelque temps; il se fit instruire, puis baptiser, et trois jours après son baptême, son âme quittait cette terre.

En 1841 à Paris, en 1842 à Constantinople, deux guérisons éclatantes eurent lieu sur deux Filles de la Charité, pendant une neuvaine adressée au martyr. Dans son propre pays, des grâces extraordinaires étaient aussi obtenues, et des pèlerins se rendaient à la maison qui l'avait vu naître, pour l'implorer ou lui rendre grâces.

A ces faits extraordinaires, il faut joindre les coups dont la justice divine se plut à frapper ses persécuteurs. Le premier mandarin qui l'avait fait arrêter, fut destitué et se pendit de désespoir. Le vice-roi de Ou-Tchang-Fou fut banni par l'Empereur. C'est ainsi qu'autrefois Hérode mourut honteusement et Pilate fut exilé dans les Gaules.

En 1858, grâce à un secours visible de la Providence qui écarta de très grandes difficultés, les dépouilles de M. Perboyre furent exhumées, par les soins de Mgr Delaplace, Vicaire du Tché-Kiang, qui se rendit, malgré la longue distance, près du Vicaire du Hou-Pé; puis, elles furent transférées à la Maison-Mère de Paris par Mgr Danicourt, Vicaire du Kiang-Si, qui termina par la mort sa belle carrière, un mois après avoir remis ce précieux dépôt.

Elles arrivèrent en 1860, le 6 janvier, pour l'anniversaire de la naissance du glorieux confesseur. M. Etienne, supérieur général, décrit, dans une circulaire adressée à sa double famille religieuse, l'émotion qui remplissait les âmes :

« A genoux autour de ce cercueil qui respirait la sainteté, comme nous aimions à le couvrir de nos hommages! Il nous semblait que, du ciel, il souriait à notre bonheur. Quelle joie de voir revenir, entouré de l'auréole de l'apostolat et du martyre, celui que, vingt-cinq ans auparavant, nous avions vu partir!... Ancien directeur du Séminaire interne, après avoir montré aux générations nouvelles ce que doit être le missionnaire, il revenait leur apprendre comment il doit souffrir et mourir. »

Peu de jours après, avait lieu la reconnaissance canonique du corps; elle a été renouvelée le 25 avril 1889, et des reliques en ont été extraites alors pour la béatification. Maintenant il repose dans une châsse de cuivre doré, qu'enferme un sarcophage de marbre rouge, sous l'autel dédié au Bienheureux. On conserve aussi dans la salle des reliques, à la Maison-Mère, plusieurs de ses vêtements, les instruments de son supplice et d'autres objets.

Avant même de connaître la mort de M. Perboyre, Grégoire XVI, informé de sa captivité, avait recommandé de recueillir les témoignages qui le concernaient, afin de commencer la procédure, si le martyre était consommé. En 1843, il signait effectivement le Décret qui introduisait la cause du serviteur de Dieu et de plusieurs autres mis à mort dans les mêmes régions; — si nous ne nous trompons, M. Clet était du nombre; M. Perboyre lui fut donc associé en ceci encore, et dès lors, comme lui, il put être qualifié du titre de *Vénérable*. « Plus tard, afin que la cause du Vénérable Gabriel, devenu plus illustre par divers miracles, fût plus promptement terminée, elle fut séparée des autres causes. » Mais la distance, les événements et la sage lenteur de la cour de Rome amenèrent, à plusieurs reprises, une suspension dans les actes du procès.

Les trois Congrégations, anté-préparatoire, préparatoire et générale, requises par le Droit, eurent lieu pour la question du martyre et celle des miracles, en 1862, 1886 et juin 1888. Puis, le 25 novembre, « dernier dimanche après la Pentecôte et jour du triomphe de l'illustre vierge Catherine qui, par la même voie des plus atroces supplices, est parvenue aux noces éternelles de l'Agneau, Sa Sainteté, après l'oblation du sacrifice eucharistique, a solennellement déclaré qu'il n'y a *aucun doute sur le martyre et la cause du martyre* de Gabriel

Perboyre, que Dieu a confirmé et glorifié par plusieurs prodiges ou miracles. » (Décret du 25 novembre 1888.)

Le 12 mars 1889, la Congrégation des Rites prononça qu'*on pouvait procéder en sûreté à la béatification;* et le 30 mai, jour de l'Ascension, Léon XIII rendit, sur la même question, son Décret, celui qu'on appelle *De tuto.*

Cependant, sous l'impulsion du vaillant apôtre de l'usine, M. Harmel, les phalanges d'ouvriers français allaient accourir nombreuses, à Rome, dans les mois d'octobre et de novembre. Léon XIII, pour donner à ces pèlerins du travail les marques de son affection privilégiée, voulut qu'ils pussent assister à la glorification des héros chrétiens issus, comme eux, de la France et d'une famille modeste, et il fixa au mois de novembre cette solennité, qui semblait réservée pour janvier ou février 1890.

Le 10 novembre fut le jour choisi pour le P. Perboyre. « A cause de la condition des temps, » comme dit le Bref de béatification, le lieu de ces cérémonies est, présentement, non la basilique même de Saint-Pierre, mais la vaste salle de la *Loggia* située au-dessus de son vestibule. — Elle était magnifiquement illuminée et ornée. Au milieu se trouvaient les deux mille ouvriers français avec les membres de la colonie française de Rome. Dans les tribunes latérales figuraient le corps diplomatique et au premier rang l'ambassade française, puis les députations des ordres religieux et celles surtout des deux Instituts fondés par saint Vincent de Paul; le Supérieur et la Supérieure générale les présidaient. On y remarquait avec émotion le frère du nouveau Bienheureux et celle de ses sœurs qui est religieuse à Naples; fort âgés l'un et l'autre, après avoir vu la glorification de leur frère, ils pourront chanter leur *Nunc dimittis*. Ils jouissaient d'un bonheur bien rare en ces derniers siècles, car depuis Urbain VIII, on ne peut, à moins d'une dérogation, examiner à Rome les vertus d'un serviteur de Dieu que cinquante ans après son trépas. — On remarquait aussi dans l'assistance une députation du diocèse de Cahors.

La cérémonie a commencé à la chapelle Sixtine, où le Saint-Sacrement était exposé. Avec le cortège des Eminentissimes cardinaux et prélats de la Congrégation des Rites, sont venus prendre place à la tête de l'assistance le cardinal Langénieux, Nosseigneurs les évêques d'Agen, de Verdun, de Belley, et plusieurs évêques de la Congrégation de la Mission ; puis lecture solennelle a été faite du Décret ou Bref de béatification.

Le Décret loue d'abord le zèle déployé pour les missions, et spécialement pour celles de la Chine, par les fils de saint Vincent de Paul, entre lesquels « Dieu s'est choisi des hosties qui couronnâssent le mérite de toute sorte de vertus par la palme triomphale du martyre. C'est cet honneur que Dieu a attribué à Jean-Gabriel Perboyre. »

Le Décret donne alors le récit abrégé de la vie qu'on a lue plus haut, — sur plusieurs points, les termes sont presque identiques ; — il s'attache à faire ressortir surtout les nombreuses marques de ressemblance qui ont rendu les épreuves de Jean-Gabriel Perboyre conformes à la Passion de son Maître. Puis, après avoir raconté sa mort, il ajoute : « Comme la réputation de sainteté de Jean-Gabriel était déjà grande et qu'alors elle s'accrut, à la suite de son martyre, elle parvint d'Asie en Europe. » Il résume les actes du procès apostolique et conclut par le dispositif suivant :

« Les choses étant ainsi, Nous, accédant aux prières unanimes de la famille de saint Vincent de Paul et de ses missionnaires, par Notre autorité apostolique, nous permettons, en vertu des présentes lettres, que le vénérable serviteur de Dieu, Jean-Gabriel Perboyre, *soit appelé désormais du nom de Bienheureux ;* — que son corps et *ses reliques soient proposés à la vénération publique des fidèles,* sans pouvoir cependant être portés dans les supplications solennelles ; — et que *ses images soient décorées de rayons.* »

Le Bref accorde de plus que l'Office et la messe du Bienheureux soient récités chaque année, selon le commun d'un martyr, avec les oraisons propres, par ceux qui sont tenus à l'Office divin, dans le diocèse de Cahors et dans les maisons de la Congrégation de Saint-Vincent-de-Paul, — et pour ce qui est de la messe, par tous les prêtres qui se rendront dans les églises où se fait la fête ;

Enfin, qu'au jour désigné par l'Ordinaire, la solennité de la béatification soit célébrée dans les mêmes églises, sous le rit double-majeur pour l'Office et la messe, pendant l'année qui suivra la célébration de cette solennité à Rome. — Le document, qui est de dix pages in-octavo, porte la date du 9 novembre. L'ordre de le rédiger était contenu dans le Décret *De tuto.*

A la suite de cette lecture, le prélat officiant, délégué par le chapitre de saint Pierre, a commencé le *Te Deum,* qui a été alterné par tous les assistants et par le chœur des chantres. En même temps les voiles qui recouvraient le tableau représentant le Bienheureux dans la gloire céleste et aussi sa relique, se sont abaissés, et les cloches de Saint-Pierre ont sonné à toute volée. Après le *Te Deum*, un chantre a entonné le verset *Ora pro nobis, Beate Joannes Gabriel;* l'officiant a récité l'oraison propre du Bienheureux, et il a encensé la relique et l'image. Puis il a célébré, selon le rit pontifical, la messe du nouveau martyr.

Dans l'après-midi, vers trois heures, Léon XIII, précédé de sa cour, des cardinaux et des évêques, est descendu de ses appartements ; et après avoir adoré le Saint-Sacrement à la chapelle Sixtine, il est venu vénérer, selon la coutume, l'image du Bienheureux. Il a prié longtemps devant elle pour les besoins si pressants de l'Eglise et de la France. Puis il a reçu de la postulation de la cause les offrandes d'usage : le portrait du Bienheureux, sa vie et les actes de son procès, un reliquaire, un bouquet de fleurs et des cierges. L'assistance était très nombreuse; une foule d'autres fidèles s'étaient joints aux pèlerins français.

En sortant de la salle, le Pontife s'est entretenu quelques instants avec le frère du martyr ; il a répandu sur les pèlerins ses bénédictions, et les a laissés sous l'impression profonde de cette cérémonie, que la messe célébrée par lui-même devait couronner pour eux le lendemain.[1]

Après le départ du Pape, eette solennité du 10 fut close par les Vêpres de l'Office du Bienheureux, chantées par le Chapitre de Saint-Pierre. Peu de jours après, un *Triduum*

(1) Ce fut en effet, comme on sait, le 11, fête de saint Martin, l'un des patrons de la France, que le Pape voulut offrir la messe devant ce nombreux groupe de pélerins. Cette messe fut dite dans la Basilique même de Saint-Pierre, dont les portes extérieures étaient fermées ; elle fut suivie d'une autre messe d'action de grâces. C'est alors que par une réciprocité d'une délicatesse admirable, le Pontife voulut visiter tous ces fils du peuple de France qui venaient le visiter lui-même et qu'en conséquence il se fit porter successivement devant les rangs de tous, de manière à ce que tous pussent recevoir sa bénédiction, baiser son anneau, et un grand nombre recueillir de sa bouche des paroles paternelles, durant cette visite de leur auguste Père qui dura trois heures environ.

était célébré chez les Lazaristes, à Rome ; un autre l'était à la maison-mère de Paris, avec grand éclat, pour le jour de saint François Xavier ; un mandement du cardinal Richard l'annonçait ; et ces *triduums* ouvraient, pour les autres maisons de la Congrégation, la série de fêtes analogues.[1]

Le P. Chanel allait être glorifié à son tour le 17 novembre. Avant de passer à sa biographie, donnons, pour terminer ce qui concerne le P. Perboyre, les oraisons approuvées pour son Office par la Congrégation des Rites ; tout le reste est du commun d'un martyr non-pontife (Messe : *In virtute tua.*)

Oraison. — Seigneur Jésus-Christ, vous par qui, au milieu des nations de la Chine, le bienheureux Jean-Gabriel, votre martyr, a été rendu admirable dans l'innocence de sa vie, ses travaux apostoliques et une insigne participation de votre croix ; accordez, nous vous en prions, qu'en suivant les exemples de sa foi, de sa charité et de sa patience, nous méritions d'être associés à sa gloire. Vous qui vivez...

Secrète. — Que cette oblation, Seigneur, qui a préparé le bienheureux Jean-Gabriel à supporter les combats pour la foi, nous confère une perpétuelle constance dans votre service et le salut. Par Notre-Seigneur Jésus-Christ...

Postcommunion — Que la réception de votre sacrement, Seigneur, nous communique la céleste vertu par laquelle le bienheureux Jean Gabriel a pu vivre dans l'innocence et remporter le triomphe du martyre. Par Notre-Seigneur Jésus-Christ...

Oratio. — *Domine Jesu Christe qui Beatum Joannem Gabrielem, Martyrem tuum inter Sinarum gentes, vitæ innocentia, apostolicis laboribus, et præcipua tuæ Crucis participatione mirabilem effecisti ; tribue quæsumus, ut ipsius fidei, charitatis ac patientiæ documenta sectantes, ejusdem gloriæ mereamur esse consortes : Qui vivis...*

Secreta. — *Hæc oblatio, Domine, quæ Beatum Joannem Gabrielem ad subeundum pro fide certamen præparavit, perpetuam in tuo servitio constantiam conferat ac salutem. Per Dominum...*

Postcommunio. — *Cœlestem nobis, Domine, tribuant percepta sacramenta virtutem, qua beatus Joannes Gabriel innocenter vivere, et martyrii valuit reportare triumphum. Per Dominum ..*

(1) Mgr de Cahors a annoncé aussi, par un mandement, la célébration d'un *triduum* dans sa cathédrale, du 11 au 13 février 1890. L'Œuvre de la *Propagation de la Foi* a obtenu qu'une cérémonie du même genre, très solennelle, ait lieu à la primatiale de Lyon du 2 au 4 mai, en l'honneur des deux martyrs ensemble.

LE BIENHEUREUX

Pierre-Louis-Marie Chanel

PREMIER MARTYR DE L'OCÉANIE
ET DE LA SOCIÉTÉ DES PÈRES MARISTES
1803-1841

I.

Premières années du Bienheureux. — Sa vie de berger. — Il étudie au presbytère de Cras. (1803-1819.)

Le Bienheureux naquit le 12 juillet 1803, à la Potière, hameau dépendant de la paroisse de Cuet, dans le diocèse de Belley, qui faisait partie alors de celui de Lyon.[1] On lui donna au baptême le nom de Pierre. Sa mère l'avait consacré à la sainte Vierge avant sa naissance; lorsqu'il le sut, il joignit à son nom celui de Marie; et à l'époque de sa confirmation, il y ajouta encore le nom de saint Louis de Gonzague, avec lequel il eut une certaine ressemblance. Il était le cinquième enfant d'une famille de cultivateurs, peu fortunée, mais chrétienne, qui en compta huit.

(1) Mgr l'évêque de Belley a nommé une commission chargée de procurer l'érection, à Cuet, d'un sanctuaire destiné à devenir un lieu de pèlerinage. Cuet, qui rivalisera peut-être ainsi, comme centre de pèlerinage, avec Pibrac et Amettes, se trouve dans le canton et tout près de Montrevel, qui est à dix-sept kilomètres de Bourg, au nord-ouest.

Nous emprunterons nos renseignements aux trois *Vies* du P. Chanel qui ont paru jusqu'ici : la première, qui fut écrite avec un remarquable talent par le P. Bourdin, de la Société de Marie, en 1867 : 600 pages in-8°, chez Lecoffre ; — la seconde, qui fut publiée en 1885, sans nom d'auteur, par le P. Nicolet de la même Société

La mère, qui elle surtout était très pieuse, mettait tous ses soins à inspirer à ces jeunes âmes l'amour de Dieu et de la sainte Vierge, la crainte de l'enfer et le désir du ciel. Elle avait coutume de terminer ses prières par ces mots : « Courage mon âme! le temps passe, l'éternité s'approche. »

Pierre se prêtait d'une manière admirable à ces enseignements et se faisait remarquer par sa piété et sa douceur.

Il trouva dans une cousine qui habitait sous le même toit, puis un peu plus tard dans sa propre sœur, Marie-Françoise, née cinq ans après lui, une digne compagne de sa piété. L'extérieur du jeune Pierre reflétait la beauté de son âme et avait quelque chose d'angélique qui attirait les cœurs; sa sœur lui ressemblait pour cet extérieur comme pour les dispositions à la vertu.

Le seul défaut qu'eut Pierre, c'était une sensibilité trop grande; il comprit qu'il fallait combattre cette tendance, qui était l'indice d'un bon naturel, mais qui pouvait devenir un danger.

A sept ans, il dut garder le petit troupeau de son père. Il partait de grand matin : « Ma mère (elle était si pieuse et si bonne!) ne manquait jamais, dit-il, de me demander, avant mon départ, si j'avais fait ma prière. Je l'embrassais comme pour recevoir sa bénédiction, et je partais gaiement.[1] »

Il se confessa pour la première fois à huit ans. Il s'y pré-

et postulateur de la cause : 380 pages in-12; — la troisième, qui est due aussi au P. Nicolet, 192 pages in-18, avec portrait et carte géographique, octobre 1889, Lyon, Vitte et Perrussel, éditeurs. Prix, franco : 80 centimes. Cette dernière rectifie sur plusieurs points les précédentes. Le P. Nicolet prépare de cette nouvelle *Vie* une édition beaucoup plus complète. — Ayant ainsi indiqué nos sources, nous ne mentionnerons pas, pour chaque renseignement, dans laquelle des trois nous le puisons.

A ces trois *Vies*, il faut ajouter pourtant celle qu'a donnée, en 1886, M. l'abbé Martin, du diocèse de Belley. Peu étendue, elle s'adresse surtout « aux bergers et aux enfants, » et elle convient admirablement à ce jeune auditoire; mais elle est très capable d'en intéresser d'autres : 64 pages in-18; franco, 30 centimes. Paris, chez Téqui, rue de Rennes.

(1) Pour les paroles ou citations que nous reproduisons ainsi entre guillemets, voir la remarque que nous avons faite dans la notice sur le P. Perboyre, page 7, en note.

para par un sérieux examen, dans lequel il se fit aider par sa mère, et au retour de l'église il était tout joyeux.

Durant les hivers de 1810 et 1811, on songea bien à l'envoyer à l'école, mais à cause de la distance, il ne pouvait y aller régulièrement et il ne faisait que peu de progrès.

Un digne prêtre, M. Trompier, curé de Cras, paroisse voisine, le rencontra dans les champs avec son troupeau, et fut frappé de ses qualités. La petite cousine dont nous avons parlé était allée se fixer avec ses parents sur cette paroisse de Cras. Elle fit sa première communion en 1814, et un jour qu'elle était venue chez le petit Chanel, il lui dit : « Que tu es heureuse d'avoir fait ta première communion ! Moi, je ne sais encore rien. — Pierre, répondit-elle, tu viendras à Cras chez ma mère ; tu iras à l'école... et tu feras ta première communion. » Pierre n'oublia jamais ce jour et plus tard il disait souvent à sa cousine : « Oh ! ma bonne Jeanne-Marie, je crois que sans toi je n'aurais pas été prêtre. »

M. Trompier, auquel probablement cette enfant parla ou fit parler de l'affaire, arrangea tout avec les parents de Chanel, et à l'hiver de 1814, celui-ci alla habiter, en effet, à Cras chez sa tante. Cette tante, qui l'aimait beaucoup, lui disait : « Pierre, quand tu seras grand, que veux-tu faire? — Je veux être prêtre, » répondait-il résolûment. A Pâques, il dut revenir garder son troupeau, mais tout en le gardant, il étudiait dans ses livres, et il allait chaque mois se confesser à Cras.

Il fut heureux, l'hiver suivant, de pouvoir encore y rester. Vers Noël 1815, M. Trompier fut nommé à une autre paroisse appelée Monsols et située dans les montagnes du Beaujolais ; il emmena avec lui le jeune enfant, auquel il voulait apprendre le latin. Pierre continua donc d'étudier à Monsols, et là il lut les *Lettres édifiantes*, écrites par les anciens missionnaires. C'est cette lecture qui alluma en lui le désir de se dévouer au salut des infidèles et de donner sa vie pour la foi.

Cependant, le climat de Monsols étant contraire à M. Trompier, il dut en partir après moins d'un an, et comme la cure de Cras se trouva de nouveau vacante, il y fut réintégré sur la demande de ses anciens paroissiens. Il laissa à Monsols de profonds regrets, et ce qu'il y a de remarquable, c'est qu'on y conserva longtemps aussi le souvenir de cet enfant si pieux qu'il avait amené.

De retour à Cras, Pierre ne rentra plus chez sa tante; M. Trompier le garda au presbytère avec d'autres élèves, pour qui Pierre était un modèle et dont il était fort aimé. M. Trompier s'occupait de former le cœur de ces enfants plus encore que leur intelligence; il leur racontait souvent des traits de la vie des saints, et Pierre cherchait à imiter ces exemples. Si pour quelque légère négligence M. Trompier le punissait, il acceptait la punition avec reconnaissance; et quand ses camarades lui suggéraient quelque tour d'écolier, il lui suffisait de répondre : « M. le Curé a défendu cela. »

La prière se faisait tous les soirs à l'église; quand M. Trompier était absent, Chanel la récitait à sa place, et après l'*Angelus*, lisait la *Vie des saints*. Son bonheur était de contribuer à la propreté et à la décoration de la maison de Dieu; il était affligé de la moindre irrévérence qu'il y voyait commettre. Il s'approchait de l'autel le plus qu'il lui était possible. On lui demandait pourquoi : « Ah! répondait-il, je l'aime tant! »

Quand on prêchait, la voix du prêtre l'impressionnait comme celle de Dieu même; il en était tout pénétré; et lorsqu'il passait devant l'église, une croix ou une image de Marie, il ne manquait jamais de se découvrir.

Sa foi lui montrant Jésus-Christ dans les pauvres, sa charité pour eux croissait chaque jour; leur vue l'attendrissait jusqu'aux larmes, et quand l'un d'eux se présentait à la porte, il courait afin d'avertir plus tôt; la servante ne pouvait comprendre pourquoi il se pressait tant.

Ce fut le dimanche de la Passion 1817 qu'il fit sa première communion; il avait treize ans et demi. On a lieu, certes, de s'étonner qu'il n'ait pas été admis plus tôt au banquet eucharistique. « Il me semble encore le voir, dit un témoin, le front rayonnant d'une joie céleste, ayant toute l'attitude des anges en adoration. » Son père et sa mère l'accompagnaient à la Table Sainte. Il se traça alors un règlement de vie, où on lit notamment ces paroles : « Maintenant, il faut que je sois et plus raisonnable et plus chrétien... Toutes les fois que je recevrai de l'argent, je le partagerai avec les pauvres. »

Vers l'âge de quinze ans, il fut assailli d'une violente tentation de découragement. Vingt ans plus tard, parlant de cette épreuve, il disait : « Je ne sais ce que j'avais dans la tête ;... peu s'en est fallu que le diable ne m'ait joué un bien vilain tour. J'étais, sans pouvoir me l'expliquer, dans des angoisses et dans une espèce d'agonie, presque de désespoir. » Abandonnant tout, il partait déjà du presbytère sans rien dire, lorsque l'institutrice, le rencontrant, lui suggéra d'aller d'abord à l'église prier la sainte Vierge. Il écouta cet avis, la tentation disparut. Il reconnut devoir cette grâce à Marie et au conseil de cette bonne personne. Son âme sortit de la lutte avec une vigueur nouvelle, et dès lors il ne passa plus un jour sans dire son chapelet. Il appelait cette victoire l'*époque de sa conversion*.

II.

Séjour aux petits séminaires de Meximieux et de Belley. (1819-1824.)

Lorsqu'il eut atteint seize ans, M. Trompier l'envoya continuer ses études dans l'excellent petit-séminaire de Meximieux. C'était en octobre 1819. L'année s'ouvrit par une retraite dont il fut fortement touché. Il rédigea des résolutions ; elles commençaient par ces mots : « Tous les jours, pendant un mois, je réciterai le *Laudate* pour remercier Dieu de la retraite, » et elles se terminaient par ceux-ci : « Je relirai tous les mois ces résolutions, et je m'imposerai quelque pénitence afin d'expier les infidélités. » Les années suivantes, il renouvela ces pieuses résolutions et y ajouta d'autres points.

En décembre 1819, il écrivait à sa jeune sœur : « Que veux-tu que je te souhaite pour la bonne année ?... Que tu n'aies jamais le malheur de perdre l'amitié de Dieu. Ne cessons point de prier l'un pour l'autre. » Et à M. Trompier : « Je ne puis vous dire, M. le Curé, combien je suis heureux au petit-séminaire. J'ai de si bons maîtres ! Mes camarades ont pour la plupart des qualités que j'envie. L'affection respectueuse que je ressens pour vous m'excite à de nouveaux efforts. »

Son premier bulletin fut excellent; M. Trompier, à qui on le montra, écrivit à M. Loras, qui était alors supérieur de Meximieux, et qui devint plus tard évêque de Dubuque, aux Etats-Unis : « Ce cher enfant continuera, je l'espère, à faire votre consolation et la mienne. C'est une âme d'une candeur et d'une aménité admirables. Ne lui ménagez pas, au besoin, les réprimandes... »

Son professeur rendait plus tard ce témoignage : « On peut dire de Pierre Chanel : *Dilectus Deo et hominibus*. Oh! oui, il était chéri de Dieu, de ses maîtres et de ses condisciples... Le fond de son caractère était la mansuétude; cette bonté était peinte dans ses traits; il n'eut jamais avec ses condisciples la moindre querelle. (Il avait une) timidité naturelle,... une légère teinte de mélancolie, un air posé sans être trop grave. »

Dans ses relations, même avec les petits enfants, il montrait cette politesse, ce bon ton qui plaît à tous. Il aimait à prêter ce qu'il avait et à partager son goûter avec le premier venu; il s'accommodait aux jeux qui lui souriaient le moins. Rempli de respect pour ses maîtres, il ne tolérait pas qu'en sa présence on se moquât d'eux. Le directeur spirituel de la maison forma une Congrégation de la sainte Vierge; Chanel y fut admis dès les premiers temps.

Il progressait chaque année dans les études et dans la vertu. Quant aux études, il écrivait en 1821, année où il faisait sa seconde : « Enfin je suis arrivé dans la région des belles-lettres; je me crois transporté dans le plus beau pays du monde; » et dans cette lettre, il apprécie, avec une maturité bien surprenante chez un jeune homme, la formation qui doit résulter pour l'imagination, le jugement, la sensibilité, du contact avec les grands écrivains anciens ou modernes et des sujets variés de composition qu'on avait à faire dans cette classe. Plus d'une fois il mérita de recevoir la croix; sa modestie le faisait rougir alors.

Pour ce qui est de sa vertu, elle était tellement remarquée qu'on lui confia d'abord le soin de la chapelle de la Congrégation, ce qui le rendit tout heureux, et qu'ensuite on le nomma Préfet de cette Association, ce dont lui seul fut surpris.

A entendre prononcer seulement le mot *Dieu,* il était péétré jusqu'au fond de l'âme, et il ne pouvait comprendre que le blasphème fût possible. Il écoutait les prédications avec le plus profond esprit de foi. On lui demanda un jour ce qu'il pensait d'un prédicateur : « Ce que Jésus-Christ veut que nous en pensions, quand il dit à ses apôtres : *Qui vos audit, me audit*... Il y a en moi le chrétien et le rhétoricien ; le chrétien seul entre à l'église. » S'il apercevait à terre quelques feuillets du Nouveau Testament, il les recueillait avec religion. Ses fonctions nouvelles dans la Congrégation lui inspirèrent le désir de se corriger des moindres défauts, pour donner le bon exemple à ses associés ; et si l'un d'eux se faisait punir, il en était affligé vivement.

C'est même dans la Communauté entière qu'il exerçait un apostolat. Il s'était fait surtout le petit missionnaire de la sainte Vierge. Il l'aimait plus que sa vie, et son nom lui faisait éprouver une joie visible. En tête de ses cahiers et de ses livres, il avait écrit cette devise : *Auspice Dei genitrice Maria,* et il avait fait adopter cet usage par d'autres élèves.

Il inspira aussi à plusieurs une pratique qui devint générale : c'était de faire une visite au Saint-Sacrement et à la sainte Vierge au sortir du dîner. Dans les promenades, avant de jouer quand on était au lieu de halte, il commençait par réciter, avec quelques camarades, l'office de l'Immaculée Conception. Un jour il écrivit avec son sang cette résolution : *Aimer la sainte Vierge et la faire aimer.*

Un élève, mis aux arrêts, ne voulait pas se soumetttre : « Vas-y donc par obéissance, » lui dit Chanel, et le récalcitrant devint docile. Deux autres élèves, qui avaient été traités dans leurs familles en *enfants gâtés,* selon l'expression qui est si juste, avaient comploté de se sauver du séminaire. Ils franchissaient la porte quand Chanel, averti, se présente : « Halte-là ! s'écrie-t-il. Malheureux, un pas de plus, et... quel déshonneur pour vous ! Quand j'étais enfant, j'ai voulu comme vous m'enfuir de l'école,... faire un coup de tête dont je me serais repenti toute ma vie... » Les deux fugitifs rentrèrent ; Chanel continua à les encourager au bien ; et douze ans plus tard, ils étaient de vertueux prêtres.

On voit par là quel ascendant il exerçait sur ses condisciples ; aussi, pour en guérir deux, l'un paresseux et l'autre étourdi, ne trouva-t-on rien de mieux que de les lui donner pour voisins en étude. Le directeur spirituel de la maison avait choisi certains *moniteurs* pour le seconder et exercer une action salutaire sur les autres élèves. Chanel fut désigné pour être du nombre, et il était celui dont les conseils étaient le mieux accueillis par ses camarades.

Il s'en trouva pourtant deux ou trois que leur mauvais esprit fit renvoyer du séminaire, et qui avaient pris à tâche de le mettre à l'épreuve par mille vexations ; leur malice n'aboutit qu'à mieux faire briller sa douceur ; et l'un d'eux, comprenant plus tard ses torts, lui écrivit une lettre d'excuses si touchante, qu'elle semblait toute détrempée de ses larmes.

Le vertueux jeune homme maîtrisait, même dans les cas les plus imprévus, les mouvements de son cœur. Un mauvais plaisant fit jaillir sur lui l'eau d'un ruisseau bourbeux : « Pour te punir, je devrais t'embrasser, » lui dit Chanel pour toute réponse.

Il savait compatir à tout ce qui affligeait ses condisciples. Il allait visiter les malades à l'infirmerie et les invitait à la patience chrétienne ; et un jour qu'il trouva dans un corridor un enfant tout en pleurs à cause de la mort de sa mère, il mêla lui-même ses pleurs avec les siens.

Il aimait à redire, comme autrefois saint Vincent de Paul, qu'il était le fils d'un simple paysan ; qu'il avait gardé les troupeaux, et que, sans un bon curé, il eût tenu la charrue toute sa vie. Lors d'une visite que lui fit sa mère et dont, avec son cœur aimant, il était tout heureux, un autre élève lui dit : « Est-ce ta mère, cette bonne femme de campagne? — Oui, et je m'en félicite. Tu me croyais donc grand seigneur ! mes parents ont besoin de travailler pour vivre. »

Quand il revenait chez ces bons parents aux vacances, il se faisait un devoir de les aider dans leurs travaux et de leur rendre toute sorte de services. Aussi M. Trompier trouvait-il dans sa conduite un des plus beaux commentaires du précepte : *Tes père et mère honoreras.*

A Meximieux, il s'était lié étroitement avec deux condisciples, Claude Bret et Joseph Maitrepierre, qui, comme lui, désiraient se vouer aux missions ; et il se réunissait de temps en temps avec eux dans des entretiens où l'on s'encourageait mutuellement. Leur supérieur, M. Loras, qui lui aussi n'aspirait qu'à partir pour les missions lointaines, avait déjà résolu de se les associer dans l'apostolat. A la fin de leur année de rhétorique, comme ils devaient quitter la maison pour passer au collège de Belley, il leur révéla sa pensée et les espérances qu'il avait conçues à leur endroit. Tous trois tressaillirent de bonheur. « Ne précipitons rien, leur dit-il; il y aura des obstacles, mais ayons confiance et prions. »

On était en août 1823. Le siège épiscopal de Belley avait été rétabli par le concordat de 1817; Mgr Devie, le nouvel évêque, avait fait son entrée à Belley le 25 juillet de cette année 1823 et le 20 août, il donna à Meximieux la confirmation. Depuis dix ans, elle n'avait pas été administrée, à cause de l'exil du cardinal Fesch, archevêque de Lyon. C'est alors que Pierre Chanel put recevoir ce sacrement, après s'y être préparé avec une piété profonde, et qu'il joignit à son nom celui de saint Louis de Gonzague : il avait dépassé déjà sa vingtième année. Le lendemain il quittait, non sans une émotion bien vive, cette maison où lui avaient été accordées tant de grâces.

A la rentrée, il se rendit avec Bret et Maitrepierre au collège de Belley pour suivre le cours de philosophie. Accoutumé déjà à un travail réfléchi, il s'appliqua sérieusement à l'étude de cette science. Le collège, sur la demande de Mgr Devie, venait d'être reconnu comme Petit Seminaire. Chanel fut chargé par le supérieur du soin de la chapelle et des cérémonies, et il était heureux de pouvoir par là approcher plus souvent du tabernacle. Il fut désigné aussi, quand vint la première communion, pour surveiller et diriger, durant leur retraite, les enfants qui devaient se préparer à ce grand acte.

Bien que depuis longtemps des marques assez manifestes parussent l'appeler à l'état ecclésiastique, il se livra devant Dieu, lorsqu'approcha la fin de l'année, aux plus sérieuses réflexions, et recourut, pour connaître sa volonté, à une prière plus fervente, à la mortification et aux conseils de son directeur. Celui-ci lui déclara sans balancer qu'il devait se disposer à entrer au Grand Séminaire.

III.

Entrée au Grand Séminaire. — Ordination. — Première messe. (1824-1827.)

GR Devie avait obtenu pour le Grand Séminaire l'ancien couvent des Augustins, avec sa célèbre église, Notre-Dame de Brou, à Bourg. C'est là que le jeune Chanel se présenta en octobre 1824.

« Je ne puis exprimer, disait-il, combien je fus impressionné lorsque je me revêtis de l'habit ecclésiastique pour me rendre à Brou. Mon émotion fut autrement vive quand j'eus franchis le seuil. Il me semblait que Dieu avait créé pour moi *de nouveaux cieux et une terre nouvelle* (Apoc. XXI).... J'entrevoyais le sacerdoce de si près que j'éprouvais tantôt de la joie, tantôt de la crainte. Vint une retraite. Ah! c'est pour le coup, me dis-je, que je vais jeter les fondements de ma sanctification ! »

Ses condisciples furent, eux aussi, singulièrement frappés par son air angélique; et M. Perrodin, supérieur de la maison, lui a rendu ce témoignage : « Je ne puis voir, sans une émotion profonde, un séminariste, qui, chaque jour, se rend plus digne du sacerdoce. Tel fut l'abbé Chanel. Depuis longtemps, il soupirait après le bonheur de notre solitude. Il semblait, à Belley et à Meximieux, que sa foi ne pouvait devenir plus vive; tous admirèrent cependant (les progrès) de sa vertu. En le voyant, je m'écriais dans mon cœur : *Gaudeat episcopus judicio suo, quum tales Christo elegerit sacerdotes.* »

Le jeune lévite trouvait dans la vie du séminaire la voie de perfection la plus douce et la plus sûre. « Quoi de plus facile, écrivait-il, que ce que nous avons à faire !.. consacrer les prémices de la journée à la prière, à l'oraison, à la messe; ensuite, étudier le dogme, la morale et l'Écriture Sainte ; donner quelques instants à l'examen de notre conscience;.. en un mot, suivre le règlement. Pour nous y porter, on n'a besoin que de nous inspirer l'amour de Jésus-Christ : *Non te teneat catena ferrea, sed catena Christi.*

Par ces doux liens, nous sommes entraînés conformément à nos désirs : *Catena hac sponte trahimur, et optantes.* » (S. JEAN CHRYS.).

L'ordre qui régnait dans son âme se montrait en tout son extérieur, mais sans rien de contraint ni d'affecté. Comme saint Basile, il ne cherchait pas à paraître le meilleur, mais à l'être.

A l'oraison, son recueillement témoignait de sa ferveur. Un jour qu'on lui ordonna de rendre compte de sa méditation, il le fit avec candeur, sans se douter que, par ce compte-rendu, il prouvait qu'il était fort avancé déjà dans la perfection. C'est surtout la dévotion envers le Saint-Sacrement qui nourrissait en lui cet esprit intérieur.

Il exerçait sur ses sens, et même sur les moindres mouvements de son âme, une mortification continuelle. « Qui peut comprendre, disait-il, tout ce qu'une simple curiosité, une petite raillerie, une légère médisance, un sentiment d'amour-propre, cause d'opposition à la grâce et de dégoût dans l'oraison ! »

Son compagnon de chambre put constater combien sa conduite était de tous points édifiante ; il put voir sa parfaite modestie, ses tendres regards vers la croix et tous ces petits secrets de la dévotion, qui se révèlent alors même qu'on voudrait les céler. Sa vie, limpide comme le ruisseau au sortir de sa source, et sa bonté exerçaient une attraction irrésistible. On le comparait à la violette qui se cache et qui embaume la prairie.

« J'ai gardé, écrivait en 1883 un de ses anciens condisciples, une impression vive de la douce figure du bon Père Chanel, de ses traits (rappelant) ceux de saint Louis de Gonzague, et de son adresse à insinuer toujours dans ses conversations des sentiments d'amour de Dieu. Cela coulait naturellement de son cœur. »

Bien convaincu que la science sacrée est nécessaire au prêtre, il s'appliquait à l'étude non moins qu'à la piété ; et il le faisait avec méthode et jugement.

Quand il fut appelé à la tonsure, il éprouva une grande joie de prendre solennellement, par là, le Seigneur pour son partage. C'était au mois de mai (1825) ; il en remercia la sainte Vierge.

Lors des vacances, il se dit : « Maintenant, il faut que je

donne le bon exemple dans ma famille, dans la paroisse.., partout, » et il tint parole. M. Trompier, durant ce temps des vacances, réunissait chaque dimanche ses anciens élèves. L'abbé Chanel était heureux de se retrouver avec celui qui était son pasteur et son père ; ses rapports avec ce saint prêtre, qui était énergique dans sa foi, ardent et fort dans son zèle, qui savait unir la fermeté à la bienveillance pour gagner les pécheurs, développaient ses propres qualités.

A la rentrée de 1825, il arriva l'un des premiers, pour servir d'introducteur charitable aux nouveaux. Il les accueillait, surtout les plus timides, les embrassait, les conduisait à l'église pour l'adoration d'usage et ne les quittait que quand ils étaient installés. On eût dit qu'il se trouvait là par hasard ; mais il veillait en réalité pour saisir l'occasion de rendre ces services.

On le nomma sacristain ; c'était de toutes les charges la plus importante ; celui qui en était revêtu devait être l'âme de la piété dans la maison. Il profitait de cette fonction pour entrer dans l'église par une porte secrète, spécialement pendant la récréation du soir et il y restait jusqu'à ce que la cloche vint l'appeler.

Plusieurs de ses condisciples ont affirmé qu'ils ont dû à ses exemples et à ses conseils leur avancement dans la ferveur et même leur persévérance. « Sans lui, disait l'un d'eux, il est probable que je ne serais pas revêtu du sacerdoce. La première semaine que je passai au séminaire me coûta horriblement ; je résolus de le quitter, quand je rencontrai le bon abbé Chanel... Il m'encouragea si bien que je n'eus, dans la suite, aucune tentation de ce genre. »

En 1826, il fut appelé à l'engagement irrévocable du sous-diaconat ; cette nouvelle tout à la fois le fit trembler et le combla de joie. L'ordination eut lieu le samedi de la Passion. Lorsque son nom fut prononcé, il répondit avec un accent qui révélait l'émotion de son cœur. Combien il s'estima heureux de réciter l'Office divin et d'être voué pour toute sa vie au service des autels !

Dans le cours du mois de mai, il reçut le diaconat. A la rentrée suivante, il se dit : « Voici ma dernière année ; il faut que je fasse de plus généreux efforts. » Vers la fin de cette même année, il fut appelé à la grande ordination du sacerdoce. Elle devait avoir lieu le 15 juillet (1827). Animé du feu de la charité, il proposa à ses confrères, qui étaient au nombre de quinze, l'engagement que voici, et le jour de l'ordination, ils le signèrent tous.

« Désirant conserver la grâce de notre ordination et notre union fraternelle, qui devient plus étroite en ce jour, le plus mémorable de notre vie, nous avons arrêté ce qui suit :

» Dès ce moment, nous mettons en commun tous nos biens spirituels et bonnes œuvres... Nous promettons de nous avertir de ce qu'il y aurait de moins édifiant dans notre conduite; de nous exciter mutuellement, afin d'être constamment l'exemple des fidèles... Tous les ans, nous célébrerons l'anniversaire de notre ordination; chacun offrira le divin sacrifice pour ses co-associés et priera Dieu de renouler en eux la grâce qui leur a été conférée...

» Quand l'un de nous mourra, les autres offriront pour lui le saint sacrifiee; nous prenons tous la résolution de travailler à devenir de saints prêtres, de faire assidûment l'oraison, d'étudier tous les jours quelques pages de l'Écriture Sainte et de théologie, de ne jamais passer deux semaines sans nous confesser, et de faire tous les ans une retraite de huit jours. »

Pour sa première messe, l'abbé Chanel eût préféré une chapelle solitaire; mais M. Trompier désirait qu'il la célébrât dans l'église de Cras; comment lui refuser? Ce fut donc là qu'eut lieu cette cérémonie touchante. « Je croyais voir à l'autel saint Vincent de Paul ou saint François Xavier », dit un prêtre, qui était présent. M. Trompier était ému jusqu'au fond de l'âme, comme son élève : il l'assistait dans le saint sacrifice, et lui, en offrant la sainte Victime, suppliait Dieu d'acquitter ses dettes envers son bienfaiteur.

IV

Le Bienheureux, vicaire à Ambérieux, puis curé à Crozet. (1827-1828.)

L'ABBÉ Chanel fut aussitôt nommé vicaire à Ambérieux, paroisse importante. Il trouva là, pour l'initier au saint ministère, un curé rempli tout à la fois de vertu et d'expérience, M. Colliex. Il se fit une loi de n'agir jamais que de concert avec lui.

Pour l'heure du lever et du coucher, l'oraison, le bréviaire et tous ses exercices, sa vie était réglée comme au séminaire. Sur lui et dans sa chambre, la plus extrême simplicité ; un crucifix, quelques images, une table en bois de sapin, une modeste bibliothèque, tels étaient ses meubles. Il aimait à se rendre à lui-même tous les services, à entretenir la propreté de son logement, de ses habits, de sa chaussure. Au besoin il raccommodait ses vêtements. Un de ses amis l'en plaisantait : « Il est bon, répondit-il, de savoir faire un peu de tout ; si je suis missionnaire, il faudra bien me passer des tailleurs. »

En chaire, il laissait sentir que sa prédication avait été préparée devant Dieu ; aussi touchait-il les âmes. Son confessionnal fut dès les premiers jours entouré de pénitents nombreux ; il s'attachait à gagner surtout les enfants et les jeunes gens, et il y réussissait par sa douceur.

Sitôt qu'il savait une personne malade, il la visitait souvent et n'attendait pas le dernier moment pour la disposer à entrer dans l'éternité. Quand les attaques de la maladie étaient subites, il mettait la plus grande hâte à accourir. Un soir, il arrivait, fatigué, d'une longue course ; on l'avertit qu'un pauvre voiturier vient de faire une chute terrible ; sans penser même à prendre sa chaussure, il vole auprès de lui. C'était un vieux pécheur. Il ne peut plus parler, mais il a encore quelque connaissance ; M. Chanel l'exhorte ; les larmes du repentir s'échappent des yeux du mourant ; il baise avec amour le crucifix, et à peine a-t-il reçu l'extrême-onction, qu'il rend le dernier soupir.

M. Colliex confia à son jeune vicaire la direction de la *Congrégation des filles de la persévérance;* celui-ci y ranima la ferveur et fit arriver plusieurs congréganistes à une haute perfection. Plein de zèle pour le soin extérieur du culte, il s'occupait surtout de préparer des reposoirs, à la Fête-Dieu, sur divers points de la paroisse. On ne faisait pas encore le mois de Marie à Ambérieux; il obtint discrètement de M. Colliex la permission d'essayer, et il éleva à la divine Mère un trône si brillant que le bon curé trouvait que c'était presque trop : ce mois de Marie produisit tout le bien d'une mission.

La santé de M. Chanel, déjà ébranlée par les études, ne fit que s'affaiblir dans un ministère si actif. « Quel dommage! disait-on, notre cher abbé ne vivra pas longtemps. » La voix presque éteinte, il n'interrompait ni les prédications, ni le catéchisme, ni les confessions. Il ne songeait même qu'à son désir de partir pour les missions lointaines. Un de ses prédécesseurs à Ambérieux avait obtenu de s'embarquer pour les Indes : « Que je serais heureux d'être auprès de lui! disait-il. Demandez-lui donc s'il n'a pas trouvé mon nom écrit sur le sable du rivage ou sur l'écorce de quelque arbre. »

Mais son évêque, au lieu de l'autoriser à partir, le nomma, dans l'intérêt de sa santé, curé à Crozet, petite paroisse située près de Genève. Cette nomination fut pour M. Colliex un coup de foudre : « Que de larmes, dit un témoin, coulèrent au presbytère et dans toutes les familles d'Ambérieux! » L'abbé Chanel n'était resté là que treize mois, et son souvenir y a toujours été en vénération.

V.

Ce qu'il opère à Crozet pour le bien des âmes. — Sa charité. Son zèle pour l'église et le culte divin. (1828......)

OUR lui, ne connaissant que l'appel de Dieu, il se rendit résolûment à son poste, en septembre 1828. Crozet se ressentait du voisinage de Genève; une partie de la population était protestante, et le reste laissait grandement à désirer. Au rapport d'un habitant, « on ne se confessait plus ; les dimanches, l'église était presque vide ; les uns travaillaient, d'autres allaient à la danse ou au cabaret. Les enfants livrés à eux-mêmes n'apprenaient que le mal. Nous avions un curé instruit, mais peut-être trop vif. On l'avait pris en grippe. Dieu nous donna M. Chanel,... la paroisse changea de face. »

Pour opérer ce changement, M. Chanel commença par faire une neuvaine à Marie avec un pèlerinage au tombeau de saint François de Sales. Il passait de longues heures aux pieds de la Mère de miséricorde, et il ne faisait point de prière sans exposer au Seigneur les besoins de son troupeau. Il demandait aussi aux Communautés et aux âmes pieuses le suffrage de leurs prières et de leurs pénitences en faveur de ses paroissiens.

Pour faire connaissance avec ceux-ci, il s'empressa d'aller les visiter chez eux ; il n'omit personne, pas même les protestants ; et il réitéra de temps en temps ces visites. Il en faisait chaque jour. Il se présentait partout, qu'il fut désiré ou non, mais toujours de la manière la plus discrète ; et par son regard si pur, son sourire si affectueux, ses procédés à la fois simples et dignes, il gagnait de prime-abord les cœurs.

Comprenant que la réforme doit commencer par l'enfance, il choisit pour les garçons un instituteur pieux ; puis il confia les filles à une Sœur de la Providence, et pour l'aider, il fit venir sa propre sœur, celle dont nous avons parlé, et qui dès le bas âge soupirait après la vie religieuse ; elle l'avait supplié de l'appeler près de lui. Elle logeait chez la Sœur de la Providence et elle la secondait de tout son zèle, ne perdant point de vue ses élèves, même après qu'elles avaient quitté l'école. Elle visitait aussi les pauvres et les malades, prenait soin de l'église, de la sacristie, et elle était l'âme des confréries du Rosaire et de la Persévérance.

En peu de temps, le zélé pasteur connut tous les enfants par leur nom, ceux de l'école et les autres ; il aimait à leur parler, et il allait trouver dans les montagnes les petits bergers, pour leur donner l'instruction nécessaire.

Ayant pourvu au bien de l'enfance, il tourna ses regards vers les désordres les plus criants de la paroisse ; mais pour les détruire, il *disposa tout avec douceur,* à l'exemple de la divine Sagesse (Sap., VIII, 1). Jamais il n'exhalait une plainte au sujet de ses paroissiens. Il ne parlait d'eux que comme un père, et en montrant qu'il les aimait tous. « Plus on étudie le cœur humain, disait-il, plus on se convainc qu'il y a encore des éléments de vertu dans les âmes dépravées; » il ajoutait que les plus coupables sont excusés en partie par la force des passions et les circonstances.

« Ce fut surtout par sa bonté et sa douceur, dit un prêtre de Crozet, qu'il réforma la paroisse. Sa vie est une manifestation de la mansuétude du Sauveur; il avait la clef de tous les cœurs. Aujourd'hui encore, son nom est une prédication dans le pays... Quel bien cette charité douce et active n'a-t-elle point opéré dans la paroisse! Elle l'a renouvelée. »

Il était persuadé que l'ignorance est le fondement des autres désordres; aussi, indépendamment du catéchisme, prêchait-il chaque dimanche à la messe et souvent après vêpres. Cette seconde instruction, qu'il faisait courte, fut très suivie.

De temps à autre il parcourait les hameaux, pour atteindre et ramener ceux qui ne venaient point à l'église. Quand il rencontrait un ouvrier ou un paysan, il l'abordait avec cette affabilité qui attire, et cherchait à faire pénétrer dans cette âme une bonne pensée. Toujours empressé à se rendre vers les malades, il compatissait d'abord à leur état, s'insinuait dans leur cœur, et arrivait enfin à leur conscience. Il s'occupait spécialement aussi des vieillards, allait s'asseoir près d'eux, écoutait leurs plaintes, et quand il avait pareillement conquis leur amitié, il leur parlait le langage de la foi pour les préparer à paraître devant Dieu.

Il sentait combien est précieux pour un curé le concours du maire. Celui de Crozet, M. Girod, était hostile à son prédécesseur, mais M. Chanel le gagna, comme tout le monde, par son aménité. Il avait accès libre dans son château et il obtint de lui des secours pour l'église, les écoles et les pauvres. En se rapprochant du pasteur, M. Girod revint à ses devoirs de chrétien; il disait à Mgr de Belley : « Vous avez fait revivre au milieu de nous saint François de Sales. »

Mais c'est principalement au confessionnal que M. Chanel montrait sa bonté. Il recevait avec tendresse les pécheurs, et dans les plus longues séances, sa douceur restait inaltérable. Jamais il ne différait à un autre jour la confession d'un homme, ni même d'un enfant, et chacun de ses pénitents pouvait se croire le plus aimé de tous.

Pour achever de renouveler la paroisse, il lui procura une mission. « Vous n'obtiendrez qu'un ébranlement passager, » lui avait-on dit. Il était convaincu, au contraire, que c'est là, pour une population, le moyen le plus efficace de salut. L'événement justifia son espoir, et pour conserver les fruits de la mission, on renouvela ou on érigea plusieurs confréries.

La paroisse n'était plus reconnaissable. On avait renoncé au travail du dimanche, aux cabarets, aux danses. Il restait cependant, parmi les protestants surtout, des âmes que rien n'ébranlait. Ces exceptions, quoique rares, affligeaient vivement le bon curé ; il les imputait à ses péchés et à l'insuffisance de ses prières. Il prodigua notamment à une vieille femme protestante les secours et les visites, redoublant de sollicitude à mesure qu'elle approchait de l'éternité; mais elle persista jusqu'à la fin dans son hérésie. Ce fut pour lui un rude coup, qui lui fit répandre des larmes.

« Aimer le prochain, disait-il, ce n'est pas seulement lui vouloir du bien, c'est encore lui en faire; » cette parole, il savait la réaliser. Les deux écoles ne se soutenaient que par ses aumônes. Au commencement, il était réduit à partager avec la Sœur de la Providence son pain de chaque jour, et comme ce pain manquait, il le quêta lui-même de porte en porte; mais son zèle émut la paroisse, et le maire pourvut en partie à la subsistance de la Sœur.

On eût dit qu'il avait fait vœu de nourrir tous les pauvres qui recourraient à lui. S'il n'avait plus d'argent, il leur donnait des vêtements ou des vivres, les faisait chauffer, causait avec eux, leur insinuait la résignation. Aussi, ces chers pauvres ne craignaient point de l'importuner. Lui-même prévenait leurs demandes, allait chez eux voir de près leurs besoins et savait découvrir les infortunes qui se cachent.

Pour les soulager davantage, il épargnait sur toutes ses dépenses personnelles. L'état de sa soutane, de son chapeau, de sa chaussure, en était la preuve. « Une aumône n'est-elle pas plus précieuse que tous les trésors? » Telle était sa pensée. Quant à sa table, nous l'avons dit, c'est plus d'une fois que le nécessaire y fit défaut. Ce qu'il avait était moins à lui qu'à ses chers pauvres. Sa servante s'étonnait un jour que son manteau et divers objets eussent disparu : « Tranquillisez-vous, répondit-il, Dieu ne permettra pas que ces objets soient perdus ; cela me regarde... Il y a tant de pauvres ! »

Il allait aussi frapper à la porte de M. Girod et de quelques autres ; et grâce à ces moyens, il parvint à constituer un dépôt de secours. Quand il quitta la paroisse, il distribua tout ce que contenait ce dépôt, vingt-trois paires de drap notamment, et il y ajouta son petit mobilier.

Il était trompé parfois dans ses aumônes : « J'en suis fâché, disait-il, mais je n'ai rien perdu devant Dieu. »

Dans cet esprit de charité, il abandonnait volontiers ses honoraires, pour les funérailles surtout, si les familles étaient dans la gêne. Une veuve lui dit un jour qu'elle désirait bien faire dire une messe pour son mari, mais qu'elle ne pouvait la payer : « Soyez tranquille, répliqua-t-il ; venez demain ; » et il donna même à cette messe la pompe usitée pour les riches.

En arrivant à Crozet, il avait trouvé l'église lézardée et dans le plus triste état ; le presbytère était dans un état analogue, mais la maison de Dieu seule le préoccupait. En vue de la reconstruire, il prépara avec prudence les esprits à des demandes de fonds, souvent mal accueillies dans les campagnes. Le moment venu, il fit un appel, et les fonds semblèrent assurés. Il y eut ensuite pour l'emplacement une discussion, qu'il parvint à calmer ; on allait acheter le terrain, quand la révolution de 1830 arrêta tout, par le mauvais vouloir d'une municipalité nouvelle.

Il se consola en réparant de son mieux sa pauvre église ; et grâce à son zèle, elle devint l'une des mieux ornées du pays. Il n'y pouvait souffrir la moindre trace de désordre ; chaque semaine, il balayait lui-même le sanctuaire, faisait briller le marchepied de l'autel, époussetait chaque objet. Pour ranimer la foi, il s'efforçait de célébrer les saints Offices avec toute la pompe possible, selon le degré des fêtes. Pour la Fête-Dieu, il avait fait trois belles bannières ; les hommes les escortaient comme les femmes ; la garde nationale entourait le dais ; les maisons étaient pavoisées, les chemins jonchés de verdure et entrecoupés par des arcs de triomphe.

VI.

Soin de sa propre sanctification. — Son désir des mission lointaines et de la vie religieuse. — Il entre dans l Société de Marie. (1828-1831.)

Au milieu des travaux du ministère, il veillait à ne pas être, comme il le disait, « un poteau qui, en indiquant la route, reste immobile, » et il se gardait de perdre de vue sa propre sanctification. Ne se bornant point aux vertus ordinaires, il allait à celles qui font le prêtre parfait. Mgr Depéry, évêque de Gap, et son compatriote, écrivait en 1856 : « J'ai connu dans l'intimité cet homme au cœur d'or, à la foi naïve, aux mœurs angéliques... ; je l'ai suivi..., et partout et toujours, je l'ai trouvé semblable à lui-même, pratiquant avec la simplicité d'une action ordinaire les suprêmes sacrifices. » — « Dans mes relations avec lui, dit pareillement un prêtre, j'ai été à l'école des plus admirables vertus. »

Il renouvela le règlement qu'il s'était tracé à Ambérieux, n'y faisant que les modifications demandées par ses fonctions nouvelles. Il le suivait invariablement, pour tous les exercices de piété. Il était très fidèle à sa *retraite du mois*; ce jour-là il ne se prêtait aux œuvres de zèle que dans la mesure indispensable, et par un examen sévère, il cherchait à déraciner ses moindres défauts. Il trouvait cette récollection mensuelle si utile qu'il la conseillait aux âmes. Outre cela, il ne manquait pas d'assister chaque année à la retraite pastorale. De temps en temps, il demandait à un ou deux de ses paroissiens les plus graves ce qu'ils avaient pu remarquer de défectueux dans sa conduite, sans préjudice des avis de son confesseur, qu'il suivait avant tout.

Sachant que sans *la mortification*, la vertu est impossible, il se retranchait tout ce qui flatte la nature. Sa couche était dure et son sommeil peu prolongé. Il jeûnait, indépendamment des jours de précepte, tous les vendredis et la veille des principales fêtes de la sainte Vierge. Il portait ordinairement une ceinture de fer à pointes. Il fuyait tout ce qui s'écarte de l'esprit de pauvreté ; ayant accepté un jour un petit christ en ivoire, il se le reprochait ; il ne le garda qu'à cause de certaines indulgences qui y étaient attachées.

Quoique la paroisse ne comptât que sept cents âmes, il était toujours occupé, à l'église, dans les écoles, avec les pauvres, ou bien chez lui à l'étude. C'était lui imposer un sacrifice que lui dérober un moment.[1] Il était si avare de son temps, que quand il allait voir un malade éloigné, il avait à la main son chapelet ou un livre. Après son dîner, comme récréation, tantôt il faisait une visite utile, tantôt il se rendait au milieu des enfants de l'école, pour leur raconter quelque trait et jouer avec eux ; ou, plus souvent encore, il cultivait son jardin qu'il avait, pour ainsi dire, créé.

Ses confrères aimaient à se rencontrer à son presbytère, où ils trouvaient la fraternité la plus douce. Le doyen d'âge était un vénérable prêtre d'avant 1793, et c'est lui que le curé de Crozet avait pris pour confesseur. Il aimait à rappeler les beaux exemples que le clergé donna à cette époque de persécution, et il semblait dire que le clergé actuel n'était plus à la même hauteur ; mais il faisait exception pour M. Chanel.

Celui-ci continuait aussi ses relations avec son ancien curé d'Ambérieux. Il put, non sans peine, prendre quelques jours pour aller le voir. Il profita du voyage pour visiter aussi sa famille, puis se rendre à Cras. « Du plus loin que j'aperçus le presbytère et le clocher, dit-il dans une lettre,

(1) Parmi ses manuscrits se trouve un sermon sur *La loi chrétienne du travail*, où ce sujet est traité avec une grande force. Énumérant les diverses passions, « prenez garde, s'écrie-t-il, il en est une d'autant plus dangereuse, qu'elle est plus dissimulée ; ses esclaves sont plus nombreux qu'on ne pense. Dieu leur inflige ce blâme : *Pourquoi restez vous tout le jour sans rien faire?* » (Matth. xx, 6. Il insiste ensuite sur cette pensée si frappante de saint Ambroise, que l'*oisiveté est une seconde rébellion contre le ciel* La première fut la désobéissance d'Adam ; mais, le travail ayant été imposé à l'homme en expiation de cette désobéissance, l'oisiveté devient une rébellion nouvelle. — Le travail n'est pas seulement une expiation, il est aussi le moyen d'acquérir des vertus et des mérites : car on n'arrive au ciel que par le bon emploi du temps. — Mais pour que le travail soit béni par le ciel, il faut qu'il soit réglé, *secundum ordinem*, qu'il soit rapporté à Dieu et que l'âme possède l'état de grâce. (Voir *Vie du P. Chanel*, par le P. Bourdin, p. 174-179.)

je sentis mes yeux se mouiller de larmes; l'un et l'autre me rappelaient les grâces les plus signalées de ma vie. Je reconnus les prairies où je menais paître mon troupeau, l'endroit où Dieu me prit, comme le jeune David... C'est à M. Trompier que je dois d'être prêtre... Oh! comme je l'ai embrassé!... » Et il parle de son émotion devant ce sanctuaire où il avait fait sa première communion et célébré sa première messe.

Dans ce voyage, il vit ensuite ses compagnons projetés des missions. On voulait le nommer à une cure plus attrayante. « Je doute que je puisse me séparer sans regret de mes chers paroissiens, écrivait-il encore; je ne les quitterai, j'espère, que pour travailler au salut des infidèles... Dieu me réserve cette destinée. L'abbé Maîtrepierre et l'abbé Bret doivent être mes compagnons; il est convenu que nous rejoindrons Mgr Loras dans les Etats-Unis. »

Ce désir ne le quittait pas. « Un jour, raconte une personne, M. Chanel dit à mon père : Je viens de lire un numéro des *Annales de la Propagation de la Foi,* qui m'a bouleversé. Il me semble les voir, ces pauvres idolâtres que le démon tient,... ils nous tendent les bras. Je crois entendre leurs cris déchirants : Qui brisera nos chaînes? Venez à notre secours! Venez nous fermer l'enfer et nous ouvrir le ciel. »

D'après la servante du presbytère, lorsqu'il lisait les *Annales de la Propagation de la Foi,* « il ne se possédait plus, au récit des travaux et des souffrances des missionnaires. Combien de fois, après ces lectures, ne l'a-t-on pas entendu s'écrier : *Que fais-je ici? Que ne suis-je avec eux? Quand viendra le jour où je pourrai souffrir, et, s'il le faut, mourir pour Jésus-Christ?* »

Il pensa que Dieu demandait de lui, pour la vie de missionnaire, un esprit de sacrifice plus grand, et il songea à embrasser l'état religieux.

L'abbé Bernard, qui était son cousin et son ancien condisciple à Cras, étant venu le visiter, il lui laissa entrevoir son dessein; et celui-ci rapporte que, malgré le sentiment révérentiel qu'il avait pour cet ami si parfait, il le plaisanta un peu sur ce point. « Il me rendit, ajouta-t-il, sa visite à Ferney où j'étais professeur. Notre vénérable curé, M. Crétin, avait formé le projet de se consacrer aux missions. Il y préparait par des privations et un régime que nous trouvions excessif. Ils durent se communiquer leurs intentions; car l'abbé Chanel me parla avec feu du bonheur d'être tout aux âmes par le sacrifice, et il m'exhorta à entrer résolument dans cette voie... Le soir, M. Crétin me témoigna combien il avait été heureux d'être en contact avec la belle âme d'un prêtre.[1] »

Après avoir passé trois ans à Crozet, M. Chanel demanda de nouveau à son évêque, Mgr Devie, la permission de rejoindre Mgr Loras. Le prélat voulut réfléchir encore, et en attendant, M. Chanel fut attiré par son désir de la vie religieuse, à entrer dans la Société de Marie.

Cette Société était née en 1816 dans le sanctuaire de Fourvières, où ses premiers membres, le lendemain de leur ordination, se réunirent pour la former. Cachée d'abord, elle prit, après bien des épreuves, son essor dans les diocèses de Lyon et de Belley; et en 1821, Pie VII lui accorda un Bref laudatif. M. Chanel connaissait le fondateur, le P. Colin, qui dirigeait alors à Belley le petit séminaire. Il prit son avis et celui d'autres conseillers, puis il soumit son projet à son évêque, qui donna son approbation.

Assuré de la volonté de Dieu, il plaça au couvent de *Bon-Repos*, à Belley, sa jeune sœur, qui aspirait, elle aussi, à la vie religieuse, et il distribua aux pauvres, comme nous l'avons dit, son très modeste mobilier. Le dernier dimanche, il consacra sa paroisse à la sainte Vierge; des larmes s'échappaient de ses yeux. Le soir, il fit ses adieux à M. Girod, et le chargea de les transmettre aux habitants; puis il partit le lundi matin. Si dans la paroisse on avait connu son dessein, on eût tout fait pour s'y opposer.

Quand on sut qu'il était parti, la consternation fut générale; on lui écrivit pour le supplier de revenir. Il fut très touché, mais resta inébranlable. « Ce qui me console, dit-il, c'est que je vous laisse entre les mains d'un prêtre dont le zèle réparera mes fautes. » Crozet lui fut toujours cher et demeura l'objet de ses prières et de ses plus doux souvenirs; et pareillement, à Crozet son nom fut toujours un stimulant au bien. Son successeur voulut, sept ans après, établir

(1) M. Crétin devint plus tard le premier évêque de Saint-Paul de Minnesota, en Amérique.

l'OEuvre de la Propagation de la foi. On ne répondait pas à son appel : « Pourtant, s'écria-t-il en chaire, cette OEuvre est le soutien des missions ; le P. Chanel y est intéressé ; du fond des îles, il unit sa voix à la mienne. Après tout ce qu'il a fait pour vous, je croyais que vous l'aimiez. » On fondit en larmes et on s'empressa d'adhérer à l'œuvre.

VII.

Le Bienheureux, professeur, puis directeur spirituel au petit séminaire de Belley. — Voyage à Rome. (1831-1835.)

A CETTE époque, la Société de Marie n'avait encore d'autre emploi que la prédication et la direction du petit séminaire de Belley. C'est là que le P. Chanel fut placé, pour professer la sixième.

Dans l'enseignement, il se servait d'un langage simple, bien que toujours digne, et il faisait parler le plus possible les élèves eux-mêmes. Mais sa pensée dominante était de *former en eux le chrétien*, et il était bien convaincu que la religion et la science doivent s'allier. « Cette liaison naturelle, disait-il, n'échappe point à l'enfant ; et si on la (brise,) ce sera au détriment de son âme. Au contraire, persuadez-lui que la religion et la science se prêtent appui ; alors, plus il deviendra religieux, plus il étudiera, et plus il étudiera, plus sa piété sera inébranlable. »

Il entremêlait ses leçons de réflexions chrétiennes ou du récit d'histoires édifiantes, sachant combien ces « *épisodes de piété* » ont d'influence sur les enfants.

Il s'appliquait avec soin à connaître ses élèves, afin de parler à chacun d'eux un langage approprié à ses tendances, bonnes ou mauvaises. A l'heure des récréations, il aimait à s'associer à leurs jeux, avec une affection qui lui était bien rendue. Pour attirer sur ses efforts auprès d'eux, la bénédiction d'en haut, il les recommandait à la sainte Vierge, à saint Joseph et à leurs anges gardiens, et il invitait ses confrères à le faire pareillement.

L'ardeur de son zèle ébranla sa santé, et il dut s'arrêter,

à la désolation de ses chers élèves; mais après quelque temps, il put reprendre et continuer sa classe.

A la rentrée suivante (1832), il fut nommé *directeur spirituel de la maison*. Pour une telle fonction, disait-il, « on ne devrait pas être un homme, mais un ange. » C'est ce qu'il fut dans la mesure du possible. Un professeur s'exprimait ainsi à son égard : « On retrouvait en lui ce que Fénelon recommande aux éducateurs : Il faut, leur dit-il, qu'on n'ait qu'à vous voir pour savoir comment il faut aimer Dieu; que vous soyez une loi vivante de la piété, ferme sans hauteur et doux sans mollesse ; il faut que l'amour divin vous presse et que, si Jésus-Christ vous demandait : *M'aimez-vous ?* vous puissiez répondre : *Seigneur, je vous aime.* Alors vous mériterez qu'il vous dise : *Paissez mes agneaux.* »

D'abord il excellait dans l'art d'apprendre le catéchisme aux enfants; il gravait si bien en eux la doctrine chrétienne qu'elle ne s'y effaçait plus.

Pour travailler ensuite sur le cœur et la volonté, il appelait de temps à autre auprès de lui, les élèves séparément. C'est alors que s'informant des dispositions de chacun il découvrait les plaies à guérir et cherchait à y porter remède. Il s'aidait pour cela des remarques du préfet de discipline, mais il se gardait de le laisser deviner. Ayant su qu'un élève avait un livre défendu, il le manda, et l'accueillant avec bonté, l'amena à avouer la chose. « Il me pria de lui remettre le livre, raconte ce jeune homme; voyant que je ne voulais pas m'en défaire, il se jeta à mes genoux et me conjura, au nom de mes plus chers intérêts, de ne pas lui refuser ce sacrifice. Vivement frappé de ce mouvement inattendu, je me rendis. Quand je quittai le collège, il me donna ses derniers conseils, les yeux baignés de larmes. Le souvenir d'un si bon Père ne s'effacera jamais de mon cœur. »

Ce travail intime et efficace sur les âmes, il l'opérait plus encore au tribunal de la pénitence; c'est là surtout que, au collège comme à Crozet, il se conciliait l'affection. Presque tous les élèves, de leur libre choix, s'adressèrent à lui; les professeurs et les domestiques firent de même. « Vous eussiez dit qu'il prenait votre cœur, rapporte un de ses pénitents, et qu'il l'enlaçait dans les liens de la charité pour le jeter dans le ciel. Le sien y était déjà; il s'efforçait d'y conduire tous ceux qui lui confiaient leurs âmes. »

Quand le bien s'opérait, c'était pour lui une joie incomparable. « Une retraite vient d'avoir lieu dans notre collège, écrit-il le 20 décembre 1832 ; les tribunaux de la pénitence (ont été) baignés des larmes du repentir. Avoir vu notre communauté à la rentrée et la voir maintenant, c'est voir le jour et la nuit. Nos enfants sont contents à ravir. Quelques-uns n'ont pu s'empêcher de venir en bondissant nous exprimer leur bonheur. J'en ai pleuré de joie. »

Ce fut à la suite de cette retraite qu'il établit les deux *Congrégations de la Sainte-Vierge* et *des Saints-Anges*. Chaque semaine, il rassemblait les congréganistes pour entretenir leur ferveur. « Nous regardons ces deux Associations, disait-il, comme un grand coup de la Providence. » Par leur conduite, ces congréganistes exerçaient une influence salutaire. Ils firent aimer la fréquentation des sacrements et la discipline, et ils figuraient dans les cérémonies religieuses. Du reste, pour frapper les enfants, on donnait aux fêtes le plus de splendeur possible. « Nous nous rappellerons longtemps, disaient plus tard quelques-uns d'entre eux, les processions et les saluts magnifiques..., et cette touchante fête où fut inaugurée, sur la façade intérieure de la maison, la statue de la Vierge immaculée qui, de ce trône, semble bénir ses enfants et présider à leurs jeux. »

Outre les élèves, le P. Chanel donnait encore ses soins à d'autres âmes : des pécheurs qu'il fallait convertir, des prêtres qui venaient faire une retraite sous sa direction, les malades de l'Hôtel-Dieu, qui était tout proche ; et bien des fois on l'appela pour eux au milieu de la nuit. Les curés des environs étaient aussi très heureux de l'avoir pour prêcher et pour officier, les jours de fêtes ; Mgr Devie le fit lui-même prêcher dans sa cathédrale et loua son onction.

Le P. Chanel remplit de 1832 à 1835, ces fonctions de directeur spirituel au collège. Durant les vacances de 1833, il fit le voyage de Rome. La société de Marie existait alors depuis dix-sept ans. Son fondateur, le P. Colin, résolut d'aller solliciter pour elle l'approbation du Saint-Siège, et il se fit accompagner par le P. Chanel et par le P. Bourdin, qui devait publier la première *Vie* de celui-ci, en 1867. Les voyageurs se rendirent tout d'abord à Fourvières, berceau de leur Société. A Marseille, ils s'embarquèrent sur le brick

La Madone de Bon-Secours. Deux bâtiments s'entrechoquèrent devant eux : « N'ayons pas peur, s'écria le P. Chanel, notre navire est le navire de Marie. »

A Rome, admirant la basilique de Saint-Pierre, il disait en souriant : « Convenez qu'on a élevé à mon saint Patron une église digne de lui ; » et en parcourant les catacombes et le Colisée : « Une retraite qu'on ferait ici n'aurait besoin ni de livres ni de prédicateur ; chaque pas évoque un souvenir de foi ; l'air est imprégné du sang des martyrs. » Les sanctuaires où reposent des saints l'attiraient ; il célébra la messe sur les tombeaux de saint Etienne, de saint Laurent, de saint Philippe de Néri, de saint Ignace, de sainte Catherine de Sienne, et de cet angélique Louis de Gonzague qu'il avait choisi pour patron secondaire.

L'une des choses qui lui faisaient le plus aimer Rome, c'est la dévotion qui s'y manifeste envers Marie, son image que l'on voit à l'entrée ou à l'intérieur de presque toutes les maisons, le nombre et la magnificence des temples qui lui sont consacrés. Il était heureux d'aller prier dans les églises où se faisait l'exposition des Quarante Heures permanentes. « En France, disait-il, nous n'avons cette adoration qu'une fois chaque année. Ah ! si à l'exemple de Rome, elle devenait perpétuelle dans nos grandes villes, que d'âmes y puiseraient des grâces et dédommageraient Notre-Seigneur des outrages qu'il reçoit ! » Il ne se doutait pas que son vœu dût plus tard se réaliser pleinement.

Il admirait aussi le soin avec lequel les Souverains Pontifes ont recueilli les monuments, témoins de l'histoire et des mœurs des siècles passés. Mais avant tout il se tenait à la disposition du P. Colin, pour le servir. Ils faillirent ne pouvoir obtenir une audience du Saint-Père, tant les demandes étaient nombreuses. Enfin, le cardinal Macchi ayant sollicité pour eux cette faveur, ils furent reçus le 30 septembre 1833. « Notre audience, dit le P. Chanel, a duré près de trois quarts d'heure. Je ne puis exprimer ce qui s'est passé dans nos âmes. Il me semble que je suis sous l'impression d'un songe. Au sortir du palais, nous avons récité le *Te Deum* et le *Magnificat*. »

Il désirait vivement aussi faire un pèlerinage à Lorette. « Quel parfum on doit respirer dans la sainte maison de Nazareth ! écrivait-il ; après l'avoir vue, j'aurais pour moi un sujet inépuisable de méditation; j'en profiterais pour les autres, au collège, et plus tard, dans les missions. Ce serait un puissant moyen de réveiller dans les âmes la piété. » Les vacances de la cour Romaine leur donnèrent le temps d'accomplir ce pèlerinage; ils virent avec émotion les populations affluant par toutes les routes pour la fête du Rosaire, en chantant les litanies.

Dès que le P. Chanel aperçut la Basilique qui renferme la sainte demeure, il fut impressionné jusqu'au fond de l'âme. Quand il y fut entré, il resta longtemps en adoration. « Puis, dit le P. Bourdin, à la suite des pèlerins, il fit à genoux le tour de la *Santa Casa;* et y pénétrant, il resta près d'une heure prosterné. Nous entendions les soupirs qui s'échappaient de son cœur... Nous récitâmes le chapelet. Avec quelle ferveur il prononçait l'*Ave Maria,* à l'endroit même où l'ange Gabriel salua Marie! »

Le P. Colin repartit pour Rome, et ses deux compagnons revinrent à Belley, en passant par Venise. « Quels que fussent les incidents, dit le P. Bourdin, le P. Chanel conservait toujours une douceur inaltérable; » il ne manquait ni à l'Oraison ni à aucun autre exercice de piété, et en arrivant dans un lieu, il commençait d'abord par visiter les églises : chaque jour il écrivait ses impressions.

De retour à Belley, il redoubla de zèle dans le collège, surtout pour les deux Congrégations qu'il avait fondées. Celle de la sainte Vierge avait pour préfet un élève d'une piété parfaite; il brûlait d'entrer dans la société de Marie et d'évangéliser les infidèles: « Qui sait, lui disait le P. Chanel, si nous ne partagerons pas ensemble ce bonheur! » Mais Dieu jugea cette âme mûre pour le ciel et l'appela à lui en 1837.

Le P. Chanel continuait aussi son ministère au dehors. A force de douceur, il parvint à gagner et à convertir un malade de l'Hôtel-Dieu, qui avait des accès de folie furieuse. Un incendie terrible consuma un village, à quelque distance de Belley. Au premier signal, le P. Chanel y courut avec le P. Bret, malgré la nuit et le mauvais temps; et là, ils déployèrent un dévoûment auquel le *Journal de l'Ain* crut devoir rendre hommage.

En 1835, M. Trompier mourut; il avait donné à l'Eglise une douzaine de prêtres, et il avait refusé en 1823 la chaire de morale au séminaire de Brou, ce qui prouve à la fois son humilité et le cas qu'on faisait de lui. Cette mort fut pour le P. Chanel un coup bien terrible. « Personne, dit-il, n'est plus redevable que moi à M. Trompier... ; il a été pour moi une seconde Providence ; » et il appuya le projet de lui ériger un monument funèbre.

Peu après, son cœur recevait un autre coup : son père mourait d'un accident imprévu. « Ce qui doit vous consoler, lui écrivait-on, c'est que votre père était un excellent chrétien ; son âme était toujours prête. » A cette nouvelle, il se jette à genoux et s'unissant à Jésus-Christ au Jardin, il accepte le calice d'amertume. Ses fonctions l'empêchent d'aller consoler sa famille ; il va mêler sa douleur à celle de sa jeune sœur, il célèbre dans son couvent une messe, à laquelle se fait une communion générale, et il inonde l'autel de ses larmes. Peu après, il écrit au successeur de M. Trompier : « En vacances, j'irai à Cras et à la Potière. Il est deux tombes vers lesquelles m'attire la reconnaissance filiale. J'ai besoin aussi de consoler ma pauvre mère... » Parmi ces épreuves, il conserva toujours au collège la même bonté et le même zèle.

VIII.

Il devient supérieur à Belley, et obtient d'être envoyé en Océanie. (1835-1836.)

La Société de Marie ne cessant de progresser, le P. Colin, son fondateur, voulut compléter ses constitutions, et pour cela se retirer dans la solitude. A la rentrée de 1834, il désigna le P. Chanel pour le remplacer comme supérieur du collège, puisque lui-même remplissait cette charge.

Le P. Chanel s'efforça d'autant plus de la bien remplir à son tour, qu'il la redoutait plus. Il veilla à ce que tout fût parfaitement prêt dans le collège pour la rentrée. Ce jour-là, il offrit le saint sacrifice afin que Dieu bénît le voyage des enfants et écartât de la maison le trouble. Le soir, il annonça que, dès ce moment, le règlement était en vigueur.

« Mes enfants, ajouta-t-il, que le collège soit pour vous une seconde famille, que vous y trouviez de l'affection, du bonheur même, ce sont là (nos) idées... ; mais que vous n'ayez point de violence à vous faire; que le chemin de la vertu et de la science soit pour vous dégagé d'épines, ce serait aussi funeste de le tenter qu'impossible de le réaliser. La vie d'écolier est un apprentissage de la vie de l'homme; habituez-vous donc à savoir souffrir. »

Le lendemain, à la messe du Saint-Esprit, il leur dit : « Notre âme est une puissance active..., et ses forces s'accroissent à mesure qu'elle les emploie; que chacun de vous soit donc laborieux.. (Mais) votre travail ne sera fructueux que si Dieu le bénit; demandez la grâce pour accomplir tous vos devoirs de chrétiens et d'écoliers; » puis il les consacra à la sainte Vierge, et chaque soir il leur expliqua le règlement.

Comprenant que la surveillance la plus exacte est indispensable dans un collège, il avait l'œil à tout, mais sans prétendre tout faire par lui-même : chacun devait accomplir sa fonction. Se considérant comme gardien des règles, il ne se dispensait d'aucune, ni d'aucun exercice commun. Le seul privilège qu'il voulût, c'était d'édifier et de servir ses inférieurs, et de les entraîner par son exemple. Chaque semaine, et plus souvent, il réunissait ses collaborateurs, écoutait leurs observations et leur faisait part modestement des siennes. Il prémunissait les jeunes professeurs contre le découragement : « Une semence, disait-il, ne lève pas aussitôt qu'elle est en terre; il en est de même de la culture des âmes. »

Il apportait le plus grand soin dans *le choix des maîtres d'étude*. Il jugeait qu'il n'est guère de fonction plus importante. Il disait que, par la nature des choses, les maîtres d'étude devaient être les vrais instituteurs de la jeunesse, les premiers et les plus révérés agents de son éducation; qu'ils reproduisaient le mieux le rôle du père de famille, puisqu'ils se trouvaient toujours avec les enfants, et qu'étant à même de les connaître plus que tout autre, ils pouvaient aussi agir plus efficacement sur eux.[1]

(1) Combien il serait à désirer que les appréciations et la pratique fussent conformes à ces idées si justes, du moins dans les maisons d'éducation chrétienne !

Une épidémie envahit la maison. Le P. Chanel était sur pied jour et nuit; il se faisait lui-même infirmier, et il tenait un cierge toujours allumé devant l'autel de Marie. Il put lui rendre grâces de ce qu'il n'y eut aucune victime. Il eut aussi à remercier Dieu pour un incendie qu'il parvint à faire arrêter.

Nul n'a plus payé de sa personne. Accessible à tous, il n'avait d'autre mesure de son temps que la convenance de chacun. Interrompu sans cesse, il avait un visage toujours égal et ne laissait percer aucune trace d'ennui.

La prière était l'unique trève à ses occupations. Sitôt que le moment des Heures canoniques arrivait, il se recueillait, et cessant de traiter avec les hommes, il conversait avec Dieu seul. Pour tout, la prière était aussi son recours. « Toutes les fois qu'il était en présence d'une calamité, nous dit un témoin, il allait vite à la chapelle. Les finances de la maison s'épuisaient-elles, il s'adressait à saint Joseph, pourvoyeur de la Sainte Famille, » et il lui offrait un cierge. Quand il était accablé de fatigue, son repos était encore de prier en silence, les yeux sur son crucifix.

Voici ce qu'écrivai tde lui, trente ans plus tard, un de ses élèves : « Tous ceux qui l'ont connu se rappellent sa bonté sans faiblesse et sa charité sans bornes. Rien n'égalait l'onction de sa parole à la chapelle ni la grâce de son esprit en étude et dans les classes. Quand il traversait nos cours, animées de jeux simples que la jeunesse ne connaît plus guère, tous nos sourires se tournaient de son côté pour le voir, avec une dignité gracieuse, prendre part à nos amusements. Il avait une grande délicatesse dans les manières, de la noblesse dans le port, et pourtant rien de compassé. C'était la nature, belle de simplicité et de paternelle tendresse. Son front était assez élevé et son teint de cette belle pâleur qui accuse (l'ardeur) disciplinée d'une grande âme. Ses yeux étaient grands; son regard doux, profond, vous parlait; l'ensemble de ses traits lui conciliait l'affection... Je me confessais à lui et j'ai vu ses larmes remplir ses yeux attachés sur un crucifix pendant mes aveux. Quelle tendresse pour cette âme d'enfant, dont il prévoyait les luttes sur la route de la vie ! »

Le zélé supérieur n'oubliait pas les domestiques; par sa bonté il rendait leur tâche facile; il leur apprenait à la sanctifier et les exhortait à recourir souvent aux sacrements.

Il évitait au dehors les visites inutiles; mais il allait voir de temps à autre sa sœur au couvent de *Bon-Repos*. Ils parlaient ensemble du bonheur et des devoirs de la vie religieuse; elle le consultait au sujet de ses imperfections : « N'oublions pas, répondait-il, que c'est pour nous rendre plus humbles, que Dieu nous laisse nos misères. Il nous aime, ayons les yeux sur lui plutôt que sur nos défauts. *N'examinons pas*, dit saint François de Sales, *si notre cœur lui plaît, mais si son cœur nous plaît.* »

Ses lettres étaient remplies des plus sages conseils. Une de ses nièces, novice à la Visitation, voulait en partir : « Eh quoi! lui écrit-il, vous déposez le glaive avant d'avoir saisi la couronne. Conjurez la sainte Vierge d'être votre force; la vie n'est qu'une traversée du temps à l'éternité. » Une Supérieure lui exposait ses embarras; il répond, d'après une lettre de Fénelon qu'il vient de lire : « C'est dans la prière seule que vous trouverez le conseil, la fermeté, le ménagement...; que Dieu vous ôtera votre esprit pour vous donner le sien. Il faut qu'il soit tout en toutes choses... Si vous décidez sans prière, votre propre esprit vous agitera, vous attirera des contradictions. Avec la prière, votre purgatoire se changera en un paradis, et vous ferez plus de bien en un jour, dans la paix, qu'en un mois dans le trouble... Ceux qui habitent la même maison, sans habiter le cœur de Dieu, sont dans un éloignement infini sous le même toit. »

A un ancien élève qui lui demandait des avis, il répondait : « Le matin, avant de vous livrer aux affaires, méditez quelques instants; aidez-vous de livres propres à cet exercice : le *Guide des Pécheurs*, le *Pensez-y bien*. Confessez-vous au moins tous les mois. Ne vous endormez jamais avec un péché mortel. A votre âge, on a dans le cœur de quoi faire bien des fautes; mais avec la foi, vos retours seront prompts. — Tenez-vous en garde contre les mauvaises lectures et les fréquentations dangereuses. Appliquez votre corps ou votre intelligence à un travail varié, mais soutenu : *Semper te diabolus occupatum inveniat.* — Quoique plein de jeunesse, rendez-vous familière la pensée de la mort. Enfin ayez une piété filiale envers la sainte Vierge. » — Il parlait toujours avec amour de cette auguste Reine : « Heureuses les familles où règne la dévotion envers la sainte Vierge, écrivait-il à sa mère ; je ne saurais trop vous remercier de me l'avoir inspirée de bonne heure. »

Le 29 avril 1836, Grégoire XVI donnait son Bref d'approbation à la Société de Marie, et peu après, lui confiait les missions de l'Océanie Occidentale.[1] Le P. Chanel voyait enfin l'apostolat s'ouvrir devant lui. « J'ai manifesté mes vieux désirs, disait-il dans une lettre, et mon cœur ne cesse de battre de joie depuis que je suis inscrit pour le premier envoi de missionnaires. Nous serons cinq prêtres et trois Frères ; le P. Bret est du nombre. Il est au comble du bonheur... Nous serons prêts au premier signal. Il est impossible que nous ne courions pas de très grands dangers... ; j'ai fait à Dieu le sacrifice de ma vie. Une seule chose m'épouvante, c'est d'être si indigne. J'ai un si grand besoin d'assistance que je quête partout des prières. Mgr Devie, qui m'a fort encouragé, m'a promis les siennes. »

En juillet, il quitta quelques jours le collège pour aller préparer sa famille à la séparation. « Je reviens du pays natal, écrivait-il à la même personne. Tout en parlant des missions, je n'ai point dévoilé mon projet. J'ai confié mon secret à deux curés voisins, les chargeant de consoler ma pauvre mère. J'ai traversé votre village (Ambérieux), sans m'y arrêter ; j'étais trop pressé ; le cri de mon devoir faisait un bruit de tonnerre...

» Il me semble que je suis déjà au milieu de mes chers sauvages... Le P. Colin activera notre départ pour ne pas avoir à se reprocher la perte d'une seule âme. On ne peut lui parler de cette mission sans l'attendrir. Il nous accompagnerait, s'il pouvait se dégager de ses liens... Prenez votre atlas ; doublez l'Amérique méridionale et arrivez à nos antipodes. Notre mission comprend tous les archipels compris entre la Nouvelle-Zélande et le nord du Pacifique. Quel vaste champ ! que n'avons-nous mille vies ! Ah ! qu'il me tarde de me confier à la mer !... Je ne suis plus qu'un exilé en France. Ne croyez pas cependant que j'oublie jamais ma famille et mes amis. Priez pour moi. »

(1) Celles de l'Océanie Orientale avaient été remises à la Congrégation de Picpus. — Quant au *Tiers-Ordre* de Marie, qui a pour but d'honorer cette divine Mère, en union avec la Société, il fut approuvé par Pie IX en 1850. Il avait été fondé en 1832.

Le jour où s'ouvraient les vacances, 18 août 1836, il fit des adieux que personne au collège ne put oublier. « Prévoyant, dit un ancien élève, qu'il ne reverrait plus Belley, il prit une statue de la sainte Vierge et la plaça en face de la communauté. Il l'entoura de ses bras et la baigna de larmes silencieuses. Notre émotion était au comble. — O Mère, s'écria-t-il avec des sanglots, bonne Mère, vous savez combien je les aime, ces enfants. Veillez sur eux, je vous les rends ; gardez-les toujours. — Il nous donna sa dernière bénédiction. Un grand nombre voulaient le suivre et pleuraient ; ils perdaient un ange tutélaire de leur adolescence. »

IX.

Le Bienheureux quitte le Séminaire de Belley. Profession religieuse. — Départ pour Paris et le Hâvre. (1836.)

QUAND les élèves furent partis, cette vocation qu'il avait tant désirée l'effraya tout à coup. Il manifesta un jour ces craintes à la supérieure du *Bon-Repos*. « Quoi, mon Père, lui dit-elle, vous laisseriez échapper la palme de l'apostolat, peut-être du martyre ! Voudriez-vous donc résister à la voix de Dieu ? Si quelque part les difficultés sont plus grandes, la mesure des grâces est en rapport. Confiance donc et n'hésitez point ! »

Ces paroles furent pour lui à peu près ce qu'avaient été jadis celles d'une autre conseillère à Cras, quand il voulait abandonner l'école. Tout nuage se dissipa, et rien ne put désormais l'ébranler. Combien il est consolant pour ceux qui éprouvent de telles tentations, de voir que les plus grands serviteurs de Dieu y ont été sujets !

Plusieurs de ses amis cherchaient aussi à le retenir, en lui objectant sa faible santé et lui disant qu'il avait près de lui assez d'âmes à convertir. Il répondait qu'il avait tout examiné devant Dieu ; et il ajoutait en souriant : « Ce que vous me dites entre par une oreille et sort par l'autre. » Quelques-uns le taxèrent de folie, et l'un d'eux lui en faisait des excuses plus tard : « Vous me rappelez, répondit-il, un souvenir qui pèse sur votre cœur et qui n'a pas même effleuré le mien. »

La mission avait un Vicaire apostolique, jeune encore, Mgr Pompallier. Le 30 juin, il avait été sacré à Rome, évêque de Maronée *in partibus*. En septembre, tous les prêtres de la Société de Marie se réunirent à Belley, firent une retraite sous sa présidence et sous celle de Mgr Devie ; puis le 24, fête de Notre-Dame de la Merci, ils élurent canoniquement, selon le Bref d'approbation, le R. P. Colin pour supérieur général ; et tous, à sa suite, ils firent les trois vœux de pauvreté, de chasteté et d'obéissance. Le P. Bourdin hésitait : « Cher ami, n'ayez pas peur, lui dit le P. Chanel ; je vous connais de trop vieille date pour mettre en doute votre vocation. »

Ce que le zélé missionnaire appelait, avant tout, ses *préparatifs de départ,* c'était de beaucoup prier et faire prier. Il distribua par centaines une image de Marie portant ces mots : *Que par vous, ô Marie, le nom du Sauveur des hommes soit connu et adoré sur toute la terre.* Il invitait les âmes pieuses à propager cette invocation dans les écoles et les familles. De son côté, il promettait de prier et de faire prier plus tard ses néophytes pour les auxiliaires de son apostolat.

Plein d'estime pour le P. Chanel, Mgr Pompallier le nomma son Provicaire apostolique ; déjà le P. Colin l'avait établi supérieur des missionnaires qui partaient. A ce double titre, il dut s'occuper de tout ce qui concernait la mission et le prochain départ.

Il alla faire ses adieux à Mgr Devie. Le prélat le reçut avec une bonté empreinte de tristesse : « Mon enfant, lui dit-il, vous allez donc voir réaliser vos aspirations... ; vous dirai-je que c'est le premier chagrin qui me vient de vous ? Cependant, je me réjouis, puisque vous obéissez à Dieu. — Plusieurs fois j'ai dû vous contrarier en m'opposant à votre départ ; mais je n'ajournais que pour m'éclairer sur votre vocation. Du reste il était bon que vous y fussiez préparé par le ministère ; la Providence a fait mieux : elle vous y a disposé par la vie religieuse. La carrière où vous entrez est à la fois belle et difficile. Attendez-vous à des privations et à des fatigues incessantes. Mais courage ! la sainte Vierge, dont vous êtes l'enfant de prédilection, vous soutiendra.

Adieu, recevez la bénédiction de celui qui ne vous reverra plus. » Le jeune apôtre se prosterna et le prélat l'embrassa, les larmes aux yeux.

Il se rendit ensuite au couvent de *Bon-Repos,* et dit aux religieuses : « L'Eglise doit, comme l'astre du jour, faire le tour du monde ; sa course lui est tracée par son divin Époux. Le ciel et la terre passeront avant que ne passe cette parole : *L'Évangile du royaume céleste sera prêché dans tout l'univers....* Mes chères sœurs, soyez autant de missionnaires. L'apostolat de la prière n'est pas moins efficace que celui du sacerdoce. L'apôtre des Indes écrivait à ses frères de Rome : *Je ne suis qu'un pécheur et je ne mérite pas de servir d'instrument à Dieu ; cependant souvenez-vous de moi dans vos prières et je ne désespère point que Dieu m'emploie à planter la foi sur ces terres.* Il fut révélé à sainte Thérèse que la conversion de milliers d'infidèles était le fruit de ses prières. Direz-vous que vous ne priez pas avec sa ferveur séraphique ; mais vous êtes les membres de cette Église qui ne prie jamais en vain... Dans la charge que je dépose, vos prières m'ont soutenu ; pourriez-vous me les refuser, alors que j'en aurai plus besoin ?... A quelque distance que nous soyons, travaillons à la gloire de Dieu, et nous ne serons point séparés. » Il vit sa sœur à part, lui demanda plus spécialement ses prières et l'exhorta à tendre toujours vers la perfection.

Il voulut aller une dernière fois dans sa famille. En s'y rendant, il passa à Ambérieux, puis à Bourg, au Grand Séminaire. Le vénérable supérieur a rapporté que le nouveau missionnaire était plein de joie, *aux anges.* « Je vais chercher mon salut bien loin, avait-il dit ; j'ai grand espoir de le trouver. »

Arrivé près de ses parents, il leur fit ses adieux, sans laisser entrevoir l'éloignement de sa mission ni la durée de son absence. Il célébra la messe dans sa paroisse natale, et fit une visite à plusieurs curés du voisinage. L'un d'eux, son ancien condisciple, réunit tout le clergé du canton. Le P. Chanel demanda modestement une aumône, des prières surtout ; et une somme assez forte lui fut remise. Un de ses amis qui était présent, le voyant ému, crut qu'il avait besoin d'encouragements : « Ah ! répondit-il, je ne suis ému que par mon bonheur et l'espoir du martyre. »

Après sa visite à sa famille et à sa paroisse natale, le

P. Chanel se rendit à Meximieux, autre lieu qui lui était cher. Il y passa un jour, et poursuivit jusqu'à Lyon; il alla aussi à Saint-Etienne, à Saint-Chamond et en d'autres endroits, demandant partout des prières et des aumônes. Il s'arrêta à l'Hermitage, berceau et maison-mère des *Petits Frères de Marie*. Il fut heureux de trouver là le P. Champagnat, leur fondateur, qui devait mourir un an avant lui et être, comme lui, une gloire de la Société des Maristes.[1] Il exhorta la Communauté à nourrir le feu du zèle, l'enseignement étant un apostolat : « Mais, ajoutait-il, combien ce zèle deviendrait-il nécessaire à ceux d'entre vous que Dieu appellerait aux missions étrangères! Ce zèle, un religieux l'alimente chaque jour dans la prière et le devoir. »

Avant leur départ pour le Hâvre, les apôtres de l'Océanie firent ensemble le pèlerinage de Fourvières, et après la messe de Mgr Pompallier, s'agenouillèrent au pied de l'autel. Le prélat fit une consécration solennelle de leur personne ainsi que de leurs missions et tous la signèrent.

Le soir, le P. Colin les réunit pour l'imposante cérémonie des *adieux*, et il leur adressa ces paroles émues :

« Mes bien chers frères, que la grâce de Notre-Seigneur et la protection de Marie vous accompagnent partout! Si je ne puis, malgré mon extrême désir, partager vos travaux, souffrez que je vous donne quelques avis, nouveau témoignage de mon affection. Ne comptez jamais sur vous, ni dans les succès ni dans les revers, mais sur Jésus et Marie. Plus vous serez pleins de cette défiance de vous-mêmes et de cette confiance en Dieu, plus vous attirerez sur vous les lumières et les grâces. L'homme de foi est inébranlable; il n'est ni téméraire, ni pusillanime; il dit sans cesse : *Omnia possum in eo qui me confortat*. Souvenez-vous donc que de la mesure de votre foi et de votre confiance dépend la mesure de vos succès.

» Ne perdez jamais de vue la présence du Sauveur. C'est en son nom que vous partez : *Ego mitto vos*. Il sera avec vous, comme avec ses apôtres. Oui, mes bien-aimés con-

(1) Le P. Champagnat est aussi l'objet d'une demande de béatification. Le 12 octobre 1889, la reconnaissance juridique de son corps a été faite à l'Hermitage, pour ce motif. L'Hermitage est près de Saint-Chamond.

frères, pénétrez-vous fortement de cette pensée : Jésus-Christ sera avec vous, sur mer comme sur terre. Si vous avez faim et soif, il aura faim et soif avec vous ; c'est lui qu'on recevra dans votre personne, qu'on rebutera, si on vous rebute. Voyez-le donc partout, je vous en conjure ; voyez-le partageant vos afflictions ainsi que vos joies. Rapportez-lui la gloire de toutes vos actions, vous oubliant vous-mêmes et vous regardant comme des instruments indignes. C'est dans la pensée continuelle de ce divin Sauveur que vous trouverez votre force et toutes les lumières dont vous aurez, à chaque instant, un si grand besoin.

» Dans les dangers, privations, etc., ne raisonnez point avec vous-mêmes ; autrement, les regrets et les tristesses s'empareront de vous ; mais, sans retour sur vous-mêmes, portez tout de suite un regard sur Jésus et Marie ; *je vous recommande extrêmement cette pratique ;* vous en comprendrez bientôt l'importance.

» Soyez hommes d'oraison. Convertir une âme, c'est plus que ressusciter un mort ; cela ne peut se faire sans le secours d'en haut... Offrez à Dieu pour vos infidèles le divin sacrifice, votre bréviaire, vos privations, vos fatigues, et un jour par semaine, toutes les bonnes œuvres qui se feront, ce jour-là, dans notre Société.

» ... Vous êtes les enfants de Marie. Voyez-la donc continuellement à votre tête. Ne passez aucun jour sans réciter au moins quelques dizaines de chapelet. Consacrez-lui chacune des îles où vous aboutirez, y laissant une médaille ou une image, en signe du domaine qu'elle a sur cette île et de cette consécration...

» Vous allez à la conquête des âmes ; Celui qui vous arme met entre vos mains la puissance de sa croix. Ne recherchez point vos intérêts, mais les siens, par une intention toujours pure. Voilà un point essentiel, qui peut faire souvent le sujet de vos méditations. Offrez chaque jour à Dieu les mérites infinis de son Fils, et à ce divin Sauveur le trésor immense caché dans le cœur de sa Mère. Vous serez exaucés, tant que vous irez à Jésus par Marie et à Dieu le Père par Jésus. »

Tous reçurent ensuite la bénédiction de Mgr Pompallier et du Père général. Une copie de cette instruction fut confiée au P. Chanel : il devait, comme supérieur, la rappeler de temps en temps à ses confrères.

Mgr Pompallier partit le premier pour Paris avec deux prêtres et un frère. Le P. Chanel dut rester encore quelques jours à Lyon, avec le P. Bataillon et deux frères, pour compléter le matériel. Le dernier jour, il suspendit au cou de l'Enfant Jésus que tient dans ses bras Notre-Dame de Fourvières, un cœur en vermeil qu'il s'était procuré par ordre de son évêque ; ce cœur contenait la consécration qu'ils avaient signée tous, et il était destiné, dans les vues du prélat, à recevoir par la suite les noms des futurs missionnaires.

Ce fut le 16 octobre que le P. Chanel avec ses compagnons quitta Lyon pour rejoindre son évêque au Séminaire des Missions-Étrangères de Paris, où l'hospitalité leur était donnée avec empressement. « Je ne puis exprimer, écrivait-il, tout ce que j'ai ressenti dans cette pieuse retraite, où tant de prêtres se sont préparés au martyre ! Que de fois je me suis recueilli dans la salle où l'on a déposé de leurs reliques ! »

Il accompagna Mgr Pompallier dans diverses démarches, notamment dans une visite à la famille royale, qui leur offrit pour leur mission de généreux présents.

Le 24 octobre, ils se rendirent au Havre; leur navire devait partir les jours suivants ; mais les vents s'y opposèrent, et l'attente dura près de deux mois. Le P. Chanel, comme son évêque et les autres missionnaires, offrit ce contre-temps à Dieu.

Il écrivit plusieurs lettres. L'une, datée de *minuit,* le 14 décembre, est adressée à des religieuses qui demandaient leurs noms afin de prier pour eux. « Écrivez, dit-il, à la place de nos noms : *Mon Dieu, ayez pitié de ces pauvres pécheurs que vous envoyez à d'autres pécheurs pour les sauver*. Nous voulons conserver votre lettre ; elle nous accusera, si notre zèle venait à se refroidir. Oh ! que d'âmes sauraient mieux que nous faire glorifier le Dieu des miséricordes ! Mais, mon Dieu, vous aimez à vous servir de la faiblesse. » Une autre est adressée à son Supérieur général : « Je suis bien édifié de mes confrères, lui écrit-il ; au lieu de donner le bon exemple, je le reçois... Je renverse les choses... Je me jette à vos pieds et vous demande pardon de toutes les fautes que j'ai commises à votre égard. Daignez encore nous bénir. »

X.

Voyage du Havre à Taïti et de Taïti à Futuna. (1836-1837.)

u Havre, ils étaient logés chez une charitable dame de quatre-vingt-trois ans, avec Mgr Blanc, archevêque de la Nouvelle-Orléans, et vingt-deux prêtres qu'il emmenait. La veille de Noël 1836, tous s'embarquèrent en même temps, les missionnaires d'Amérique sur la *Joséphine,* ceux de l'Océanie sur un autre vaisseau, la *Delphine*. Dès que les voiles furent déployées, s'éleva vers le ciel l'hymne *Ave maris Stella,* chanté de concert sur les deux navires. Une horrible tempête les assaillit bientôt. Trente-deux bâtiments, partis du Havre le même jour qu'eux, furent jetés sur la côte; seuls la *Delphine* et la *Joséphine* résistèrent, et pourtant le gouvernail de la *Delphine* avait été presque détaché par un accident. Ils relâchèrent aux Canaries. « Nous admirions, dit le P. Chanel, la foi naïve de la population qui se pressait sur notre passage. »

Là pourtant, leur patience fut mise de nouveau à l'épreuve; il fallut cinquante jours pour réparer le vaisseau; de plus, une épidémie régnait, et presque tous s'en ressentirent.

Quand ils se remirent en mer, le P. Bret, qui avait été atteint par l'épidémie, succomba au bout de trois semaines, le lundi-saint, 20 mars 1837.

C'était le compagnon de jeunesse du P. Chanel : « Il a plu à Dieu de le couronner avant le combat, écrivait-il à la mère du défunt. Quelle perte pour notre mission, et pour mon cœur quelle blessure! Mais que dis-je? Sa destinée est digne d'envie... Le crucifix à la main, il ne cessait de s'entretenir avec Dieu... Il me dit qu'il touchait à sa fin, qu'il me remerciait de mes soins, qu'il était heureux de mourir mariste. »

« Cette mort, raconte le P. Bataillon, fut le signal de la conversion de tout l'équipage. Déjà nous nous occupions à instruire les matelots. Après la mort du P. Bret, ce fut un ébranlement général. Je me rappellerai toujours cette mission à bord, ce chant des Litanies et des cantiques qui, tous les soirs, partait de notre vaisseau, ces faveurs dont Dieu nous combla, comme pour nous faire oublier la perte d'un confrère. »

Durant la traversée, le P. Chanel donna l'exemple éminent de toutes les vertus; « ce qui le distinguait surtout, dit le même témoin, c'était la simplicité de la colombe. » A certains jours, on pouvait célébrer la messe; d'autres fois la mer était trop agitée.

Ils s'arrêtèrent à Valparaiso (Chili). Là, trois Pères de la Congrégation de Picpus les accueillent comme des frères et les conduisent en triomphe à leur résidence, où l'on chante le *Té Deum*. Le lendemain, les gens de l'équipage s'approchèrent de la sainte Table et ceux qui n'avaient point été confirmés le furent en ce jour. Les missionnaires repartirent sur un brick anglais qui se rendait à Taïti. Le nouvel équipage, protestant, abhorrait le papisme. « Prions pour ces gens-là et soyons pleins de bonté, » dit le P. Chanel. C'est ce qui fut fait, et bientôt la défiance fut remplacée par l'affection.

Durant cette traversée, les missionnaires firent leur retraite annuelle. Le P. Bataillon parle de l'impression qu'elle produisit en eux : « Je n'oublierai jamais, dit le P. Bataillon, cette retraite faite au milieu de l'Océan... Là, que Dieu paraît grand et l'homme petit!... Qu'il est facile de réfléchir sur la vanité des choses de ce monde, quand on n'est séparé de la mort que par une planche fragile! »

Le 13 septembre, on jeta l'ancre devant l'une des îles Gambier. Grâce à Mgr Rouchouze et aux Pères de Picpus, la foi y était florissante; ce qu'il y a de surprenant, c'est que leur venue dans ces îles et la conversion des habitants avaient été prédites plusieurs années à l'avance par une sorte de prophétesse du pays. Ces bons indigènes ne savaient comment exprimer leur joie de voir les nouveaux arrivants; pendant la messe, le lendemain, ils chantèrent des cantiques avec un merveilleux accord. Quand les missionnaires quittèrent l'église, le roi vint à leur rencontre; les chrétiens, à genoux, criaient de toutes leurs forces : « Salut, missionnaires! Nous chrétiens catholiques! Jésus-Christ! Vierge Marie! » On pouvait avec peine se frayer un passage. En apprenant la mort du P. Bret, ils pleurèrent : « Pourquoi ne m'avez-vous pas apporté un si grand trésor? »

s'écria le roi, parlant de sa dépouille. Le soir, on entendait, dans toute la vallée, ces fervents chrétiens réciter la prière en commun. Le P. Chanel était dans l'admiration, comme ses confrères : « O Marie, s'écriait-il, faites éclater ce prodige dans nos archipels ! »

A Taïti, ils furent présentés à la reine Pomaré qui était, hélas! sous la domination des missionnaires protestants; et par la comparaison avec ce qu'ils venaient de voir aux îles Gambier, ils purent constater à quel point l'action de ceux-ci diffère de l'action des missionnaires catholiques, combien elle est impuissante à changer les cœurs et à établir la vraie civilisation. Pour continuer leur route, ils louèrent, pour eux seuls, un autre vaisseau; auparavant, ils baptisèrent l'enfant d'un officier du brick anglais, âgé de sept ans, et leurs adieux à l'équipage firent couler bien des larmes.

Le 5 octobre, ils étaient en face de Vavao, l'une des îles Tonga. C'était la première terre dépendant de leur mission. « Dès que nous l'aperçûmes, dit le P. Bataillon, nous tressaillîmes de joie..... Mais une tempête s'élève... et nous entraîne vers les récifs. Nous tombons à genoux : *O Marie! voyez vos enfants*. Et soudain, un coup de vent nous éloigne des récifs..... Nous vîmes notre capitaine à genoux, s'écrier, hors de lui-même : *O Providence! ô Providence! Depuis que je parcours les mers, je n'ai jamais été si près de la mort!* » — C'était le jour du Patronage de la sainte Vierge, 22 octobre; ses litanies furent chantées en action de grâces.

Le calme rétabli, on se rapprocha de l'île. Monseigneur fit réciter pour elle le *Veni creator*, l'*Ave maris stella* et le *Miserere*, et il régla qu'on dirait ces prières durant neuf jours chaque fois qu'on arriverait dans une île à convertir. Mais les protestants méthodistes avaient déjà évangélisé ces îles, à leur manière; ils firent refuser aux missionnaires la permission d'y rester. Les naturels pourtant semblaient frappés de la douceur des nouveaux venus; elle contrastait avec la dureté des ministres méthodistes; car, c'est un fait que le P. Chanel a signalé d'après les rapports reçus de tous côtés, partout ces agents de l'hérésie traitaient les naturels avec violence, les soumettaient à de mauvais traitements et à des exactions. « Que de bien on pourrait faire, écrivait le P. Bataillon, si l'on nous permettait de nous fixer ici! »

Le ministre protestant leur indiqua les îles Wallis, appelées aussi Uvéa. Les habitants venaient d'y massacrer ses émissaires ; ce n'est point ce qui pouvait faire reculer nos apôtres. Le jour de la Toussaint, ils étaient devant l'une de ces îles, et célébrant la messe à bord, ils invoquaient le ciel pour leur première mission. Ils descendent dans l'île et se jettent à genoux pour en prendre possession au nom de Marie. On leur avait demandé s'ils étaient du pays qui a vu naître Bonaparte, le grand guerrier. Le roi les reçut avec faveur ; et le P. Bataillon fut désigné avec un Frère pour fonder dans cette île la première mission de leur Vicariat.

A deux reprises pourtant, les missionnaires faillirent être dévalisés et massacrés, comme l'avaient été les protestants ; et ils ne durent la vie qu'à l'intervention d'un jeune chef, nommé Tungahala. Mais ils triomphèrent de cette férocité des naturels, et la mission eut un plein succès. Cinq ans après, en 1842, Rome érigea un nouveau Vicariat apostolique, celui de l'Océanie centrale, et le confia au P. Bataillon, qui fut sacré à Wallis évêque d'Enos.

XI.

L'île de Futuna. — Premiers temps de séjour. — Le journal du missionnaire. (1837-1838.)

Le 7 novembre, les autres missionnaires remirent à la voile et passèrent à l'île de Futuna. Ils ne voulaient qu'y déposer un jeune anglais qui était à bord. Mais la Providence destinait le P. Chanel à cette île. Mgr Pompallier, accompagné par lui et le Frère Marie-Nizier, alla avec le jeune anglais, voir le roi. Celui-ci, nommé Niuliki, les accueillit si bien que Monseigneur lui présenta ses deux compagnons, comme désirant rester dans l'île pour y apprendre la langue. Après délibération, le roi y consentit.

Le P. Chanel et le Frère, désignés ainsi pour cette mission, demandent la bénédiction de Monseigneur, consacrent l'île à la sainte Vierge, et suspendent, en souvenir, une médaille à un arbre. Monseigneur continua ensuite, avec un autre Père et un Frère, sa navigation vers la Nouvelle-Zélande, où il se fixa et où il fonda la troisième mission.

Futuna a neuf ou dix lieues de tour, et sous sa dépendance est une île plus petite, nommée Alofi. « Futuna, dit le P. Chanel, est fertile ; vue de la mer, elle semble un bouquet de verdure. » Les deux îles, qu'on appelle aussi *Iles Horn,* sont très accidentées, renfermant des vallées profondes et des montagnes assez élevées. Futuna avait alors mille habitants à peine ; autrefois elle en comptait quatre mille, mais les guerres fréquentes l'avaient rendue en partie déserte, de même qu'Alofi ; car Futuna était divisée en deux royaumes qui étaient presque toujours en hostilité ; un rien suffisait à ranimer la lutte entre ces deux royaumes, de quelques centaines d'habitants chacun. — Un autre danger de l'île, c'étaient les tremblements de terre.

Les habitants reconnaissaient des dieux, mais tous malfaisants ; c'est à eux qu'ils attribuaient les fléaux, les maladies et la mort. Ils leur bâtissaient des maisons, et leur portaient là, pour les apaiser, des présents, dont les chefs faisaient leur profit. La crainte d'exciter la colère de ces dieux était un premier obstacle à la conversion de ces insulaires.

En outre, ils croyaient que ces dieux s'incorporent dans certains hommes : le plus grand, dans le roi, et d'autres dans les chefs ; ceux-ci et surtout le roi ne pouvaient voir d'un bon œil qu'on combattît cette erreur. Enfin un dernier obstacle était la crainte de voir cesser les festins et les danses qui étaient en usage dans le culte et dans les mariages. L'anthropophagie, si commune en d'autres îles, avait été introduite dans celle-ci par l'un des derniers rois, et au dire du P. Poupinel, il n'était pas une île, si l'on excepte les Viti, dont on pût citer des horreurs comparables. Mais Niuliki avait sévèrement défendu cette atroce coutume ; les mœurs étaient donc, alors, relativement douces, bien que, d'après deux autres Pères, à l'arrivée du P. Chanel, l'anthropophagie existât encore à l'état clandestin.

Les habitants et le roi lui-même traitèrent les missionnaires avec une bienveillance qui, de la part de ce dernier du moins, pouvait être, en partie, un calcul d'intérêt ou d'amour-propre. Il déclara le P. Chanel *tapou,* c'est-à-dire inviolable ; il le logea, à Alo, dans sa propre case, — qui était une cabane en feuillage, comme celle des autres habitants,[1] — et il le nourrissait au régime du pays. Ce régime, purement végétal, laisse bien à désirer pour une santé faible ; d'autant plus que les Futuniens font un seul repas par jour, et encore n'est-ce que dans la soirée ; néanmoins le P. Chanel ne se plaignit jamais.

Ce qui prouve que la bienveillance du roi n'était pas à toute épreuve, c'est qu'un jour il entra en fureur contre le Père et faillit le tuer, parce que, sans se douter certes de la chose, celui-ci était allé s'asseoir sur une pierre sacrée, placée dans un coin de la case. Heureusement, il fit construire pour ses hôtes, dans le voisinage, une autre case en feuillage, entourée d'un jardin. Là, du moins, le pieux missionnaire put célébrer la messe ; ce fut pour la première fois le 8 décembre, puis six autres fois encore avant Noël.

A cette dernière fête, il invita, pour la messe de minuit, le roi et les plus proches voisins, qui furent très frappés de ce qu'ils virent. Dès lors, il offrit le saint sacrifice toutes les fois qu'il le put, c'est-à-dire presque tous les jours, et souvent des indigènes y assistaient. Le Père était également très assidu à l'oraison et à tous ses exercices de piété.

Ne sachant pas encore la langue pour prêcher, il disait à son compagnon : « Puisque nous ne pouvons faire aimer Jésus-Christ, glorifions-le par la fidélité à nos règles. Par là, nous attirerons des grâces sur nos chers sauvages. Dans une mission aussi difficile, il faut que nous soyons des saints. Plus nous aurons l'esprit de sacrifice, plus nous obtiendrons de succès dans les situations les plus inespérées. »

En même temps il continuait avec ardeur à étudier la langue, qu'il arriva à bien posséder, mais la dernière année seulement. Dès qu'il en eut une teinture, il se mit à visiter les habitants, qui aimaient sa douceur ; il accourait là surtout où il y avait un malade, et si c'était un enfant, sa plus grande joie était de le baptiser avant qu'il ne mourût.

Le P. Colin voulait que chaque missionnaire écrivît son *journal ;* ce pouvait être utile à plus d'un point de vue. Celui

(1) Il est bon de le remarquer, l'autorité de ce roi n'avait guère plus d'étendue, quant au nombre des sujets, que l'autorité du maire d'un de nos petits villages.

du P. Chanel, tel que nous l'avons, commence au milieu des notes du 26 décembre 1837, mais il manque un certain nombre de pages. Le premier volume s'arrête au 31 décembre 1839 ; le second, qui est rougi du sang qu'il versa pour la foi, va jusqu'au 22 avril 1841, sixième jour avant sa mort.[1] Ce précieux document, ménagé par la Providence, est, pour ce qui nous reste à raconter, la source principale ; grâce à lui on peut suivre l'apôtre, jour par jour, dans sa vie intime et dans ses courses, parfois si fatigantes. On voit notamment le nombre exact des messes qu'il a pu célébrer.

Comme le constate le théologien chargé d'examiner ses écrits à Rome, ces éphémérides montrent les difficultés qu'il eut à vaincre et les vertus qu'il a exercées. « Quoique, pendant les trois ans et (plus) qu'il a évangélisé cette île, il n'ait obtenu que peu de succès, puisqu'il a baptisé à peine quarante-cinq personnes, presque tous des enfants en danger de mort, on remarque qu'il a pris tous les moyens... On (admire) avec quel courage invincible il a souffert, même au péril de sa vie, les mépris, les embûches et la faim, surtout dans les derniers mois... Homme vraiment apostolique, qui s'est dévoué à tout ce que la religion présente de plus sublime et de plus difficile ! Toujours semblable à lui-même, les périls, les peines ne l'ont pas découragé un moment. »

Nous avons dit que l'île était divisée en deux partis ou tribus. Il y avait le parti des *vainqueurs,* dont Niuliki était le roi, et le parti des *vaincus,* qui obéissait à un autre chef. La guerre faillit se rallumer ; on se calma pourtant, grâce aux efforts du P. Chanel, et il profita de ce calme provisoire pour se rendre à Wallis, près du P. Bataillon, dont il n'avait aucune nouvelle depuis qu'ils s'étaient séparés.

(1) C'est aussi à Futuna que le P. Chanel écrivit son testament, en 1839. Profession d'attachement à l'Eglise, prière à Dieu pour qu'il le reçoive miséricordieusement par l'intercessien de Marie et malgré ses péchés ; au sujet de sa dépouille, cette parole : « *Je ne demande rien pour mon corps ; il est trop peu de chose pour que je me soucie de lui* après mon dernier soupir ; » désignation de son ami de jeunesse, l'abbé Maîtrepierre, pour légataire universel ; charge imposée à celui-ci d'acquitter une disposition à l'égard de chacun des enfants de ses frères ou sœurs, et de la fabrique de sa paroisse natale ; enfin demande de deux cents messes pour son âme : voilà tout cet acte, qui est court et de rédaction très simple.

XII.

Voyage du Bienheureux à Wallis près du P. Bataillon, et de celui-ci avec trois autres Pères à Futuna. — Guerre à Futuna. (1838-1839.)

Le P. Bataillon présenta son confrère au souverain de Wallis. Ils furent très bien accueillis, et le roi voulut même qu'ils l'accompagnassent dans une visite qu'il faisait de l'autre côté de l'île. Ils s'occupèrent ensuite d'achever la maison qui devait abriter les missionnaires, puis de traduire le *Pater*, l'*Ave*, le *Credo*.

« Le Jeudi saint (1838), dit le P. Bataillon, après avoir béni notre nouvelle maison, je célébrai la messe. Un frère du roi demanda à y assister. *Oh! que votre manière de parler à votre Dieu est douce et belle*, s'écria-t-il ; *je veux être de votre religion.* » Après cela, ils allèrent dans la plus petite île, — car il y a aussi deux îles à Wallis, — voir Tungahala, le jeune chef qui, dès le commencement, avait témoigné sa sympathie pour eux.

Ils lui dirent qu'ils avaient en France des parents et des amis, qu'ils avaient tout laissé pour porter la vraie religion à ceux qui l'ignorent. « Votre projet, répondit-il, est aussi beau que le soleil, aussi grand que les grands arbres ; allez au roi, s'il se convertit, toute l'île est à vous : quant à moi, je ferai tout ce qui sera en mon pouvoir. »

Le mercredi de Pâques, le roi demanda lui-même à voir les missionnaires, et comme c'était l'heure de la messe, il exprima le désir d'y assister. « Le P. Chanel commença la messe, dit le P. Bataillon. Oh ! comme il pria Notre-Seigneur d'exaucer nos vœux ! Le roi paraissait dans un étonnement impossible à décrire. Toute la journée il ne cessa de raconter ce qu'il avait vu ; dès ce jour, il nous témoigna plus d'estime. »

Après un mois, le 26 avril 1838, le P. Chanel se rembarqua pour Futuna. Il ne trouva plus dans la cabane d'Alo le frère Nizier et le jeune anglais qui restait avec eux.

Niuliki avait transporté sa demeure à un autre endroit nommé Poï, et là il avait voulu qu'ils vinssent encore loger dans sa propre maison. La case royale fut donc de nouveau celle du P. Chanel pendant quelques mois; il y célébra la messe à partir du 6 mai, fête du Patronage de saint Joseph. « Non seulement, dit-il, le roi l'a trouvé bon, mais il fait avertir toute la vallée. »

Le jour de l'Ascension, la messe est accompagnée de chants, et surtout le jour de la Pentecôte, où l'assistance est nombreuse. Tandis que le P. Chanel et le Frère disposent tout pour le saint sacrifice, « les cris d'admiration partent de tous côtés.... Ces pauvres naturels n'avaient encore rien vu de semblable. Le crucifix est toujours l'objet qui les frappe plus que tout le reste. » (*Journal* du missionnaire.)

En juin, le roi consentit à ce que le P. Chanel se fît, dans sa maison, une chambre à part. Là, le Père put dire presque tous les jours la messe. Il plaça aussi dans cette chambre de grandes images qui attiraient les regards des naturels; celle de l'*Ecce Homo* surtout les impressionnait.

Deux mois après le roi permit, comme à Alo, que l'on construisît, dans le voisinage, une cabane tout exprès pour le Père et ses compagnons: faite de bambous reliés par des cordes, elle était la merveille de l'île. Dans la nuit du 2 février 1839, un orage épouvantable renversa cette cabane et la plupart des autres; mais ils parvinrent à la relever. — Au mois de mars, le P. Chanel eut la consolation de baptiser un adulte qui allait mourir.

Cependant, trois nouveaux Pères et trois Frères, qui se rendaient à la Nouvelle-Zélande, s'arrêtèrent à Wallis, et avec le P. Bataillon, ils vinrent voir le P. Chanel à Futuna.

« Je me souviendrai toujours de notre entrevue, écrit l'un d'eux[1]. Je vis cet ange de paix et de charité, que je croyais avoir embrassé pour la dernière fois en France; quelle agréable surprise! que je fus édifié! Son sourire, sa modestie, tout peignait la paix et la joie de son âme. Nous entrâmes

(1) Le P. Epalle, qui, cinq ans plus tard, fut fait évêque de Sion et chargé des deux nouveaux vicariats de la Mélanésie et de la Micronésie. Dans l'année qui suivit son sacre, il fut massacré par les insulaires de l'archipel Salomon (19 décembre 1845), et fut associé ainsi au P. Chanel dans la gloire du martyre

dans son asile; la maison de Nazareth, bien que pauvre, offrait quelques meubles; dans celle de l'apôtre, rien qu'un petit autel en bois brut, des cailloux pour parquet, un tronc d'arbre pour oreiller pendant la nuit; ses vêtements, tombant en lambeaux; ses ornements sacerdotaux pour les divins mystères; ses instruments d'agriculture; la hache qui fut l'instrument de son martyre, voilà tout le contenu de son domicile... La nuit arrivant, les neuf missionnaires s'accroupissaient, laissaient tomber leur tête sur le tronc d'arbre; c'est à peine si la cabane pouvait les contenir ainsi.

» Sans cuisine et sans provision de bouche, on pouvait ignorer l'heure du repas; notre hôte dit en souriant qu'elle dépendait de l'appétit même de Sa Majesté. Un cri se fit entendre; c'était l'appel du monarque. Nous nous rendîmes donc dans le palais royal, c'est-à-dire dans la hutte enfumée du souverain... La fadeur et le peu de substance des aliments calmèrent ma faim sans la satisfaire; c'était cependant la nourriture ordinaire du P. Chanel...

» Tout le temps que nous passâmes (avec lui), nous fûmes à une école de piété, de douceur, de résignation et de bon conseil. (Aucune) difficulté ne pouvait ralentir son zèle... Nous pensâmes qu'étant Provicaire apostolique, il retiendrait l'un d'entre nous et s'aiderait de nos (petites) ressources pécuniaires. Nous nous mîmes à sa disposition. « Le bon Dieu, répondit-il, saura bien, quand il lui plaira, me donner un compagnon. Allez remplir la mission qu'il vous a donnée... La Providence est une trésorière dont les bontés envers moi n'ont jamais été plus sensibles qu'ici... » — Il renvoyait au Vicaire apostolique, interprète de Dieu à son égard, le soin de lui procurer ce qu'il jugerait convenable.

Le P. Bataillon ayant déjà prêché à Wallis, le P. Chanel l'invita à prêcher aussi à Futuna : car de part et d'autre la langue est à peu près la même. L'Ascension et la Pentecôte furent, comme l'année précédente et plus encore, des journées marquantes. Pour la première de ces fêtes, la grand'-messe fut célébrée dans la maison du roi, en présence d'une foule de naturels émerveillés. Une robe qui avait orné la statue de Notre-Dame de Fourvières les ravit surtout; ils disaient que notre pays était un pays de dieux. La prédication eut lieu chaque soir, jusqu'à la Pentecôte; la multitude se réunissait pour voir les missionnaires et entendre leurs chants ainsi que les sons de l'*accordéon;* — car ils avaient un de ces instruments. Le jour de la Pentecôte, on déploya toute la solennité possible, et les visiteurs repartirent pour la Nouvelle-Zélande, laissant le P. Bataillon avec le P. Chanel.

Celui-ci leur remit quelques lettres. L'une était pour le Père général ; il lui déclare avec douleur que l'ile n'est pas encore chrétienne. Dans une autre lettre, il dit : « Je soupire après le moment où j'aurai un confrère, afin de recevoir plus souvent qu'une fois l'année le sacrement de pénitence. »

Une autre lettre encore était pour une dame de Lyon qui lui avait envoyé de l'étoffe pour vêtir ses chers sauvages. Comme ils portaient seulement une sorte de ceinture, depuis les reins jusqu'aux cuisses, c'est un bienfait qu'il appréciait fort. Il disait à cette bienfaitrice : « Je vous envoie des images, sans signature ; écrivez à la place et ne vous lassez pas de répéter : *Mon Dieu, ayez pitié d'un grand pécheur que vous avez envoyé à d'autres pécheurs.* » Nous avons entendu l'humble missionnaire parler déjà de la sorte.

Le théologien qui a examiné ses écrits constate que ses lettres montrent, aussi bien que son journal, toutes les vertus « à un degré très élevé » et provoquent la même admiration.

Le P. Bataillon resta environ deux mois avec le P. Chanel. Ils construisirent une case un peu plus commode, près de laquelle celui-ci, plus tard, éleva une petite chapelle, et traduisirent tout ce qui avait été rédigé pour Wallis. Le P. Bataillon composa un cantique à Marie et l'envoya au Père général comme la première louange de leurs missions à cette bonne Mère.

Ils firent ensemble plusieurs courses dans l'île, et le P. Bataillon prêchait à toute occasion. Ils brûlèrent un grand nombre de fausses divinités devant les naturels, qui étaient tout surpris que ces dieux ne les fissent point mourir. Ce prodige ébranla la superstition ; mais la guerre, qui avait précédemment menacé, éclata et absorba l'attention des esprits ; à ce moment, le P. Bataillon était déjà reparti pour Wallis.

L'attaque vint du parti des vaincus. Le P. Chanel les supplia, les conjura de ne point commencer cette guerre. Ils répondirent : « Aussitôt que nous serons vainqueurs, nous nous ferons tous chrétiens. » Le 10 août (1839) fut le jour du combat ; il y eut un bon nombre de morts et de blessés, surtout dans le parti des *vaincus*, où périrent la plupart des chefs, qui étaient aussi les principaux fauteurs de la discorde.

« Nous courûmes sur le champ de bataille, écrit le P. Chanel ; le spectacle était horrible... Il fallut arracher des plaies le fer des lances, panser les blessés et les transporter dans les habitations voisines. Je pus administrer le baptême à trois hommes... La nuit approchait ; le Frère et moi, accablés de douleur et de fatigue, allâmes nous asseoir au pied d'un cocotier. J'élevais vers le ciel mes mains suppliantes pour ce peuple, devenu mon peuple. »

La paix fut cependant conclue assez heureusement ; toute l'île resta sous la domination de Niuliki, et les esprits se rapprochèrent.

XIII.

Courses apostoliques dans l'île. Arrivée du P. Chevron et du F. Attale. (1839-1840.)

Le serviteur de Dieu reprit ses courses apostoliques ; son crucifix sur la poitrine, son bréviaire sous le bras et un bambou à la main, il bravait et les chaleurs et les pluies. Ne pouvant encore procurer la gloire de Dieu, comme il l'aurait voulu, en lui donnant des âmes, il invitait du moins la nature à le louer, et il répétait le cantique : *Benedicite, omnia opera Domini, Domino*. Un jour il trouva la page de son bréviaire qui contenait ce cantique toute labourée et effacée ; elle était seule dans cet état, et personne n'avait touché le livre. Il fut forcé de reconnaître que le méfait venait du démon.

Dans les premiers temps de la mission, les enfants étaient sans cesse à suivre le bon Père pour se moquer de lui. « Souffrons tout pour l'établissement du règne de Jésus-Christ, » disait-il avec calme au Frère. Mais ensuite les choses changèrent bien : « Ce n'est jamais sans une vive émotion, écrivait-il aux élèves de Belley, que je vois accourir une multitude d'enfants à l'entrée des villages que je vais visiter. Ils crient en battant des mains : *C'est Pierre qui arrive.* »

Ils annonçaient son arrivée à leurs parents; les uns s'accrochaient à ses bras, les autres à sa soutane. Il y eut surtout une petite fille de dix ans qui s'affectionna à lui et qui se fit catéchiste des autres enfants; pour éviter les tracasseries, elle se retirait parfois dans les bois, afin de prier. Quand elle apprit la mort du P. Chanel : « Et moi aussi, s'écria-t-elle, je veux mourir pour l'amour de Jéhovah, je veux rejoindre le bon Père. »

C'était par ses procédés ordinaires, la douceur, la charité, qu'il avait gagné les enfants; c'est par là encore qu'il se faisait bien accueillir partout, notamment auprès des malades, et qu'il obtenait souvent des parents la faculté de baptiser les enfants en danger de mort. On l'appelait l'*homme au cœur bon.*

On amenait aussi les infirmes à sa case. « Je suis en bonne réputation pour guérir les plaies, écrivait-il. Notre maison est assiégée de monde. Le Frère rase un bon nombre de vieillards. » Le roi lui-même demandait ce service au Frère.

Une guérison éclatante qui eut lieu en trois jours frappa vivement ces insulaires, et plusieurs devinrent de fervents catéchumènes. L'un d'eux, nommé Maligi, ancien ministre du roi, parla ainsi au P. Chanel : « Un jour, on t'insulta, on te menaça. Je regardai bien ce que tu allais faire. Tu levas les yeux au ciel et tu pardonnas à ton ennemi. Profondément ému, je dis aux autres : Pierre nous aime, il pardonne, il fait ce qu'il nous recommande; sa parole est donc vraie. Voilà pourquoi je suis catéchumène. »

A mesure que le Père, familiarisé alors avec la langue, prêchait davantage et que sa charité attirait davantage les cœurs, le roi se refroidissait à son égard; car il craignait de voir détruire sa propre autorité, basée sur la croyance aux dieux. Bien qu'il eût laissé baptiser un de ses enfants qui paraissait sur le point de mourir et qui le lendemain fut guéri, il s'éloigna du serviteur de Dieu, alla habiter dans un autre village appelé Tamana, et cessa de lui envoyer des vivres.

Ne recevant plus rien, le P. Chanel cultiva avec le Frère et leur compagnon anglais, le jardin qui entourait leur case. A ce moment, la Providence lui envoya un confrère, le P. Chevron, avec le frère Attale; c'était en mai 1840. Le P. Chanel écrivit alors à un autre confrère de France une lettre importante, où il résume l'état de la mission et ses sentiments.

« En quittant la France pour venir à ses antipodes, dit-il, je n'ai pas quitté la vallée des larmes ; mais ici comme en France, Dieu connaît ceux qui sont à lui et les fait *surabonder de joie au milieu de leurs tribulations*... C'est bien moi qui puis dire : *Je suis un serviteur inutile*... Le P. Chevron a débarqué aux îles Fidji et Tonga, il a montré aux sauvages le dévouement du prêtre catholique. Son extérieur et son crucifix ont paru les frapper. Ils se sont écriés : *Celui-là doit être un vrai missionnaire !*

» Que le temps me semble favorable pour pénétrer dans ces archipels !... Les méthodistes nous ont devancés partout. Que je braverais volontiers la mer et les dangers ! mais nous sommes en trop petit nombre. Frappez à la porte du cœur de Marie et vous en ferez sortir des essaims de missionnaires. Quand un sauvage me demande s'ils auront encore de ces bons *farani* (français), je réponds : Nous, nous sommes mortels, mais d'autres viendront nous remplacer. »

XIV.

Commencement de la persécution. — Départ du P. Chevron. Menaces contre le Serviteur de Dieu. (1840-1841.)

Afin de pourvoir à la subsistance commune, le Père Chevron et le frère Attale aidèrent à cultiver la plantation ; mais alors on se mit à leur voler les fruits. « Nous sommes réduits à la détresse absolue, écrit le P. Chanel. Peut-être croirez-vous que c'est bien amer? Non ; on se fait à tout, même à recevoir avec reconnaissance un morceau de *taro* que nous présente un naturel, après l'avoir mordu en cent endroits. »

C'est à l'instigation du roi qu'avaient lieu ces larcins; il espérait que le P. Chanel se découragerait et quitterait la mission; il ne connaissait pas sa force d'âme. Les jeunes gens accueillaient la parole du serviteur de Dieu beaucoup mieux que les vieillards, souillés du crime d'anthropophagie sous le règne précédent; plusieurs de ces jeunes gens se réunissaient chez lui le dimanche et lui apportaient des vivres. Les habitants racontèrent plus tard, après leur conversion, que ces jeunes gens étaient maltraités. « Nous voulions le faire mourir de faim, disaient-ils; mais il ne manifesta aucune indignation contre les voleurs. Il aima jusqu'à la mort ceux qui le persécutaient et s'efforça de les amener à la religion. » En effet, l'héroïque apôtre ne laissait pas de visiter le roi et les chefs, et de les presser de se convertir.

Dieu lui donna une consolation. Le jeune anglais qui habitait avec lui, était protestant; il finit par abjurer, la veille de la Toussaint 1840; le lendemain il fit sa première communion avec une piété vive, devant un bon nombre de naturels qui furent très touchés.

Une autre consolation fut que presque tous les insulaires de Wallis s'étaient déclarés pour la foi; seulement le P. Bataillon réclamait le P. Chevron pour l'aider à les instruire. L'apôtre de Futuna ne balança pas à lui céder ce confrère. Le P. Chevron partit plein de regrets avec le frère Attale. « Je laissais le P. Chanel en pleine persécution, dit-il. Une seule pensée me consolait; je sacrifiais la couronne du martyre à l'obéissance, sacrifice qui est bien plus grand pour un missionnaire. Quatre mois après, notre pieux confrère recevait la palme qui m'était refusée. »

Quoique se trouvant de nouveau seul avec le frère Marie-Nizier, le P. Chanel continua avec la même ardeur ses courses apostoliques, souvent sans chaussures, parce que les siennes étaient hors d'usage, et les pieds tout déchirés.

En expliquant aux habitants ce que signifiait son crucifix, il faisait parfois couler leurs larmes. L'île commençait à s'ébranler, les jeunes gens surtout; mais l'opposition des vieillards, des chefs et du roi s'accentuait aussi. Malgré cela, le zélé missionnaire ne cessait pas ses visites au roi et à ces chefs; voyant que le démon les éloignait de la religion et en éloignait par eux le reste des habitants, il se jeta aux pieds de Jésus, de Marie et de saint Joseph, fit des neuvaines de jeûnes et de prières. Il conjura le Cœur de Jésus de bénir ses travaux ou de le retirer de ce monde, s'il était un obstacle au fruit de la mission ; car il s'en prenait humblement à lui-même de ses insuccès.

Un jour, des vieillards réunis dans sa maison même, pendant qu'il sarclait un champ au dehors, parlaient de le tuer avec le Frère. Celui-ci alla rapporter ces propos au P. Chanel : « Pourquoi, mon Père, vous donner tant de peine à travailler, puisque nous allons mourir demain ? — Eh bien, répondit-il avec le calme le plus profond, ce ne sera pas le plus mauvais de nos jours. Vous savez ce que répondit saint Louis de Gonzague, lorsqu'on lui demandait ce qu'il ferait s'il devait mourir à l'instant ?... » Et sans rien ajouter, il continua son travail.

Un catéchumène avertit aussi le Père à plusieurs reprises de ce qui se tramait contre lui ; l'intrépide apôtre se contenta de répondre : *C'est bien.*

Cependant, à partir du 22 avril (1841), il n'écrivit plus rien sur son journal ; il voulait sans doute voir comment les choses tourneraient ; mais les dépositions des témoins ont suppléé à son silence.

XV.

Conversion du fils du roi. — La mort de l'apôtre de Futuna est décidée. — Son martyre et sa sépulture. (avril 1841.)

MÉITALA, fils du roi, avait toujours montré de l'amitié pour le P. Chanel ; celui-ci résolut de presser sa conversion, afin que son exemple opérât un mouvement salutaire. Méitala se convertit effectivement le 17 ou le 18 avril, et ce fait eut une heureuse influence ; mais ces progrès de l'Evangile ne faisaient qu'irriter la plupart des chefs, et le roi fut indigné quand il apprit le changement de son fils.

Avant même de connaître cet événement, il avait dit à Musumusu, son parent et son ministre : « Réussiront-ils, ces blancs, qui viennent faire des esclaves? » Musumusu répondit : « Si tu les détestes, va prendre leurs effets,... et j'irai les tuer. » Le roi garda le silence, mais son désir était manifeste. Dès ce moment, Musumusu se concerta avec quelques chefs pour l'exécution de ce désir et il recommanda le secret.

Le soir du 27 avril, il tint conseil avec plusieurs de ceux qui entraient dans ses vues; ils voulaient frapper les habitants qui écoutaient le missionnaire. « En les frappant, répondit-il, la religion ne périt pas, mais si le prêtre est mis à mort, elle sera renversée. » Ils se fixèrent donc au parti de tuer le P. Chanel, en maltraitant d'abord les catéchumènes; et le ministre ajouta : « Il ne faut pas les frapper pendant la nuit, pour qu'ils ne disent pas que nous les craignons. »

En conséquence, durant la nuit ils se tinrent en repos. Le mercredi 28 au matin, ils se rendent au village d'Avauï, où était le fils converti du roi; ils le maltraitent, ainsi que les autres catéchumènes. Revenant ensuite sur leurs pas, ils vont à Poï, où habitait le Père. L'un d'eux s'avance seul d'abord et va lui demander un remède pour Musumusu, qui venait de recevoir une légère blessure dans l'affaire d'Avauï. Le serviteur de Dieu se trouvait dans son jardin. Il était seul; retenu par un mal de pied, il avait envoyé depuis deux jours le frère Nizier dans les vallées des *Vaincus*.

Il rentre dans la maison pour chercher le remède demandé. Musumusu crie : « Pourquoi tarde-t-on de le tuer? » Un de ses compagnons s'élance et frappe le Père avec un casse-tête. Celui-ci étend le bras pour parer le coup; son bras est fracassé. Le meurtrier le frappe d'un second coup sur la tempe, et le Père dit plusieurs fois dans la langue du pays : *Très bien,* comme il l'avait dit précédemment, quand on l'avertissait du danger.

Il déclarait donc que la mort était pour lui un bien et il faisait à Dieu le sacrifice de sa vie. « Tous les témoins attestent qu'il ne lui est échappé aucun cri, aucune plainte, aucune larme. Il a toujours conservé son égalité d'âme, et il est mort comme un agneau, à l'exemple de son Maître. » (Procès-verbal de 1845).

Un autre agresseur lui porta avec une lance un violent coup qui, sans le percer, le fit reculer et le renversa. Un autre encore le frappa avec un bâton. Assis par terre, le Père essuyait le sang qui coulait de son visage, et on le laissa ainsi quelques instants pour piller la maison.

Deux catéchumènes arrivèrent près de lui. « Je l'appelai par son nom, rapporte l'un d'eux ; il me regarda avec une grande bonté : Pierre est meurtri, lui dis-je. — *Ma mort n'est pour moi qu'un grand bien,* répondit-il. — Je le pris par le bras pour l'aider à se lever et à venir avec moi. Il me dit : *Laisse-moi ; que je reste ici ; car la mort est un bien pour moi.* Je sortis, car j'étais saisi de crainte à cause de Musumusu. Arrivé sur le seuil, j'entendis un grand coup. Rentrant, je vis le serviteur de Dieu étendu et une hache fixée à sa tête. »

Musumusu, irrité de ce que personne n'achevait la victime, était entré par la fenêtre de la chambre du frère Nizier. Trouvant sous son lit une hache, « il la saisit, s'élance vers le souffrant, enfonce l'instrument dans toute sa dimension. Le coup avait porté sur le haut du crâne et le divisait en ligne directe du milieu du front. » (Procès-verbal).

« Ainsi, cette hostie très agréable à Dieu fut immolée de la même manière qu'on avait coutume d'égorger autrefois les victimes. » (Décret du 25 novembre 1888).

Le martyr avait rendu à Dieu sa belle âme. Quoique le ciel fût serein, on entendit comme un violent coup de tonnerre. Beaucoup de témoins ont déclaré qu'en outre une croix avait apparu dans les airs. Les meurtriers, qui fuyaient, s'arrêtèrent effrayés, et jetant leur butin, s'assirent sur le sol.

Musumusu enleva la soutane du serviteur de Dieu. A ce moment un guerrier célèbre par sa valeur et qui, bien que païen encore, aimait le P. Chanel, accourut avec sa lance, et voulait frapper Musumusu qui prit la fuite, en lui laissant la soutane qu'il venait d'arracher. Si cet homme eût connu le projet des meurtriers, il eût défendu le Père. Des néophytes survenant de l'ile d'Alofi et apprenant sa mort, voulaient mourir avec lui. Le fils du roi survint aussi ; il entendit cette parole : *que Niuliki voulait qu'on le tue avec le prêtre.*

La mère d'un catéchumène, avec deux autres femmes, lavèrent le corps ensanglanté. « L'une d'elles fit rentrer le peu de cervelle qui s'était écoulé et deux filles du roi Niuliki l'oignirent d'huile. » (Procès-verbal). Ces pieux hommages accordés à la dépouille du martyr font songer à ceux que les saintes femmes rendirent au Seigneur Jésus.

« A midi, Niuliki, Musumusu et quelques femmes creusèrent la fosse tout près du lieu où le Père avait souffert et y enterrèrent son corps. » (Ibid.) Comme Pilate, Niuliki voulait avoir l'air d'être innocent du crime; et en même temps il avait hâte de faire disparaître le corps qui en était la preuve.[1]

Le frère Nizier revenait à ce moment. « Une heure de plus, dit-il, et j'allais mêler mon sang au sang de celui qui, après Dieu, était mon tout à Futuna. Mais, hélas! il n'est pas assez pur! » La Providence voulut qu'un homme vînt au devant de lui le prévenir du danger et lui fît rebrousser chemin. Quinze jours après, un navire américain arriva à Futuna. Le frère Nizier et les autres blancs de l'île se réfugièrent sur ce navire; le roi voulut s'y opposer, mais trop tard; et ils débarquèrent à Wallis.

Les ennemis de la religion disaient, sans cacher leur joie: « Le prêtre est mort, la religion a péri avec lui. » C'est donc bien en haine de la foi que le P. Chanel a été tué; il n'y a eu à cet égard qu'une voix dans l'île. Du reste, le Père était si bon qu'on ne pouvait avoir, pour le tuer, d'autre motif. On aimait sa personne, on voulait seulement détruire la religion qu'il annonçait.

XVI.

L'île entière embrasse la foi. — Dévotion à venir prier sur la tombe du martyr. (1841-1844.)

Cependant, peu après, un frère du roi, qui avait conseillé de frapper le Père, mourut; le roi lui-même fut atteint d'une maladie horrible et mourut aussi. On vit là l'effet de la vengeance divine; et il se fit un grand changement dans les cœurs. Les catéchumènes se rappelaient la parole du Père: *Que la religion ne périrait pas* et *qu'après lui viendraient d'autres prêtres;* mais jusqu'à ce

(1) Nous avons fait remarquer des ressemblances frappantes entre les épreuves qu'eut à subir le P. Perboyre et la Passion du Sauveur; le P. Bourdin fait, au sujet de la mort et de la sépulture du P. Chanel, des rapprochements analogues.

moment ils avaient craint de se montrer; dès lors leurs craintes disparurent. Bien qu'ils soient restés plusieurs mois sans prêtre ni catéchiste, ils allaient chaque soir porter des fleurs et pleurer sur la tombe du martyr. Méitala et son épouse composèrent même une élégie qu'on chantait en chœur et qui était pleine de piété et de sentiment; ces quelques mots permettent d'en juger :

« Sainte Marie qui habites le ciel, à l'arrivée de Pierre (Chanel), ouvre-lui la porte...

» Il donne sa vie... Anges, descendez de vos trônes... et inclinez-vous devant notre prêtre.[1] »

Le frère Nizier avait porté à Wallis la nouvelle de la mort du P. Chanel; le P. Bataillon la transmit à Mgr Pompallier, qui résidait à la Nouvelle-Zélande. Gelui-ci arriva à Wallis avec la goëlette de la mission et une corvette française de passage. Il resta dans cette île, qui était entièrement convertie, pour baptiser, et en janvier 1842, il envoya à Futuna les deux vaisseaux, avec son vicaire général, un chef du parti des vaincus et d'autres du même parti, qui s'étaient réfugiés à Wallis et qui étaient catéchumènes comme ce chef.

Le commandant de la corvette députa un messager pour réclamer le corps du P. Chanel. A la vue de ces deux vaisseaux, les habitants de Futuna, redoutant une vengeance,

(1) Le P. Bourdin, dans sa *Vie du P. Chanel*, cite la strophe en entier. Dans le Bulletin mensuel de l'*Arche d'alliance*, novembre 1847, le vaillant capitaine Marceau qui, en 1846, visita Futuna, parle d'un chant funèbre; nous ne savons s'il s'agit du même que celui de Méitala : « C'est une chose touchante, écrivait-il, d'entendre le chant que les insulaires ont composé en mémoire de celui qui a été victime de sa charité pour eux : « *Pleure, pleure, ô Futuna ! tu t'es faite homicide; tu as tué ton bienfaiteur*, etc. » Il disait aussi : « Cette population, cannibale il y a peu d'années, offre aujourd'hui le spectacle de la plus haute civilisation morale. »

Dans cette notice sur l'apôtre de l'Océanie, nous sommes heureux de payer, en passant, un juste tribut d'hommages à la mémoire de cet illustre capitaine Marceau. On sait que, par un exemple digne de toute admiration et à peu près unique, il s'était consacré, avec son navire l'*Arche d'alliance*, au service des missions de ce pays. Des infirmités l'obligèrent à suspendre ses voyages maritimes ; il sollicita alors son admission au noviciat de la Société de Marie, et comptant que la santé lui serait rendue, il espérait pouvoir travailler, comme prêtre, au salut des infidèles de l'Océanie. Mais tandis qu'on l'attendait à la maison des Pères Maristes, on apprit

avaient résolu de se cacher dans les bois. Cependant, Maligi, l'ancien ministre, qui était dévoué au P. Chanel, s'enhardit et escorté d'une trentaine de naturels, il apporta le précieux corps. « J'étais absent, dit-il, quand ils l'ont massacré ; sans cela, ils ne l'auraient pas fait périr, ou je serais mort à ses pieds. Hélas ! je ne le reverrai plus, lui qui était si bon ! »

On lui donna l'assurance du pardon pour l'île, et le jour suivant les principaux chefs vinrent porter un calice, un crucifix et plusieurs images du Père, avec la soutane qui était teinte de son sang. Ils firent la paix avec les réfugiés du parti des vaincus ; le chef de ces derniers, Sam-Kélétaona, fut reconnu roi de ce parti, et quelques mois après, de l'île tout entière. Il montrait beaucoup de zèle pour la religion et contribua grandement à la conversion de ses compatriotes.[1]

Quant au corps vénérable du martyr, porté d'abord à la Nouvelle-Zélande, il fut, en 1851, transféré à Lyon, dans la Maison-Mère de la Société, et là, il fut à trois reprises l'objet d'une reconnaissance juridique, et une dernière fois le 24 octobre 1889, en vue immédiate de la béatification

Les meurtriers du Père se convertirent eux-mêmes, en

tout à coup sa mort. Avant de se rendre chez les Pères, il était allé à Notre-Dame de Liesse, où il avait fait une retraite de deux semaines, puis de là à Tours, avec sa mère, pour passer quelques jours en famille près de sa sœur. C'est là que son mal s'étant aggravé, il rendit à Dieu sa belle âme, le 1er février 1851 ; — il était né en 1806. M. Dupont, qui était son ami, put admirer avec tous les assistants l'expression de joie céleste que la mort avait imprimée sur son visage et constater que, trente heures après le trépas, son corps, malgré la maladie, n'avait aucune odeur.

Le capitaine Marceau était lié aussi très intimement avec le général de La Moricière et avait été son camarade à l'Ecole polytechnique. L'année qui précéda sa mort, il écrivit au général des lettres pleines de foi, pour le presser de se convertir. Il exprimait la pensée qu'après ses brillants faits d'armes en Afrique, Dieu pourrait bien le ramener à lui par des déceptions, et qu'il semblait avoir préparé ce retour, en lui ménageant « la grâce de devenir le gendre d'une sainte. » Le général conserva ces lettres parmi ses papiers les plus précieux, et en 1855, il se confessait et communiait, en attendant qu'il se dévouât à la défense de Pie IX.

(1) Plus tard Méitala fut élu roi d'une partie de l'île ; il paraît que le P. Chanel le lui avait prédit ; aujourd'hui, bien que les deux partis ou tribus vivent en harmonie parfaite, chacune continue à avoir son chef.

déplorant leur crime, notamment le plus coupable, Musumusu, qui, après la mort de Niuliki, avait gouverné quelque temps le parti des vainqueurs. En 1845, il fut frappé d'une maladie cruelle, qu'on regarda comme une expiation de son forfait et qu'il supporta avec résignation. Il voulut être transporté dans une cabane attenant au lieu où avait été frappé le Père : « Je ne sortirai pas d'ici, dit-il, j'y mourrai ; » et il répétait souvent : « Je veux mourir pour Dieu...; pour aller dans ma véritable patrie. » Enfin il termina ses longues souffrances par une douce mort. C'était en 1846.[1]

Mgr Pompallier, après avoir baptisé et confirmé à Wallis, était venu à Futuna en 1842. C'est alors que le nouveau roi Kélétaona fut baptisé lui-même avec sa femme et sa petite fille ; et dès lors ils prirent la sainte habitude de communier souvent, ainsi que d'autres néophytes. Le reste des insulaires demandaient aussi la grâce du baptême ; Monseigneur laissa deux religieux, le P. Servant et le P. Roulleaux, pour travailler à cette œuvre définitive de conversion.

« La ferveur des nouveaux chrétiens s'accroît chaque jour, écrivait le P. Servant ; et elle est commune aux néophytes de tout âge et de tout sexe. Les vieillards écoutent, silencieux, les vérités saintes ; et les jeunes gens qui savent écrire entretiennent avec Wallis un pieux commerce de lettres.[2] »

(1) Dix-huit ans après, en 1864, sa fille aînée embrassa la vie religieuse dans l'Institut des *Sœurs de la Mission*, dont la maison-mère est à Lyon. C'est le P. Bourdin qui nous l'apprend.

(2) En 1845, les Futuniens écrivirent aussi aux chrétiens d'Europe une lettre des plus touchantes, que le P. Bourdin cite en entier et qui occupe trois pages : « Nos très chers parents, disaient ils,... cette lettre sera un gage de notre reconnaissance envers vous... En nous envoyant vos enfants, prêtres du vrai Dieu, vous avez eu pour nous un très grand amour, et nous vous aimons comme vous nous aimez. Notre cœur n'est plus qu'amour ; c'est sa nouvelle vie. Nous disons souvent : *Quand pourrons-nous voir nos frères d'Europe?* au moins nous nous verrons au ciel, nous le demandons à Dieu tous les jours.

« Nous voulons vous faire encore savoir la douleur que nous éprouvons pour notre conduite. Pierre (le P. Chanel) nous aimait... il est notre père dans la foi ; il a demandé pardon pour nous qui étions ses bourreaux ; notre repentir est grand.

« Nous ne sommes pas encore habiles à prier... vous demanderez (à Dieu) pour nous un cœur droit,... etc. »

« Ils sont heureux du bonheur des enfants de Dieu...; la nuit n'interrompt pas leurs pieux cantiques ni les saints élans de leur ferveur. »

Pour le sacrement de pénitence surtout, « depuis l'enfant qui balbutie jusqu'au vieillard courbé vers la tombe, » ils avaient un zèle et un respect admirables. On éleva des confessionaux dans les principaux endroits de l'île. Cependant, Tungahala, le jeune chef de Wallis, qui avait rendu d'abord des services aux missionnaires et dont nous avons eu occasion de parler plus haut, était venu à Futuna; il jeta dans la mission le trouble et la défiance; mais il partit, et alors surtout les progrès du bien furent rapides.

Au témoignage du P. Roulleaux, « le jour ne suffisait plus pour les confessions; il fallait y donner une partie des nuits. Les abus disparurent, et aujourd'hui — la lettre est de 1844, — *tous les naturels sont baptisés;* ils se conduisent avec autant de régularité que les plus fervents chrétiens d'Europe.[1] »

Ce changement si prompt fut attribué à trois causes : le souvenir de la vie et de la mort si saintes du serviteur de Dieu; — les grâces méritées par l'effusion de son sang : les néophytes qui se rendaient en grand nombre à Poï, lieu de son martyre, proclamaient que c'est par les mérites de ce sang qu'ils avaient reçu la foi; — enfin la mort effrayante du roi Niuliki et de son frère.

Les missionnaires voulurent construire une église sur ce lieu de Poï qui était devenu si vénérable. Le P. Roulleaux exhorta les habitants à travailler saintement à cette construction; il récita à genoux avec eux le *Pater,* l'*Ave,* le *Credo,* fit le signe de la croix, et l'on se mit à l'œuvre.

(1) Les Futuniens, ce qui est bien remarquable, devinrent même des instruments pour la conversion de la Nouvelle-Calédonie, qui peut ainsi être attribuée indirectement au P. Chanel. Mgr Douarre, chargé de cette île, en était repoussé après sept ans d'efforts. Il eut la pensée de conduire à Futuna deux colonies de néophytes, qu'il avait pu cependant réunir : c'était en 1850. Formés à cette école du bon exemple chrétien, puis ramenés dans leur patrie, ces néophytes racontèrent ce qu'ils avaient vu à Futuna et donnèrent l'élan aux conversions; dès lors, la mission ne cessa de progresser, malgré des épreuves. Les premiers villages qui s'étaient faits chrétiens avaient pris spontanément le nom de *Futuna.* (P. Bourdin, chap. avant-dernier.)

Cette église, qu'on remplace aujourd'hui par un monument plus digne, et qui se composait simplement de pieux, de bambous et de feuillage, comme les cases des habitants, avait soixante-quinze pieds de longueur; l'entrée regardait la mer. Dans le sanctuaire était renfermé l'emplacement de la cabane du P. Chanel; les objets sacrés qui étaient à son usage avaient été reportés là et servaient au culte; l'endroit où il reçut le coup de la mort se trouvait sous l'autel, à droite, et le lieu précis où il fut enseveli était indiqué par une croix.

XVII.

Grâces obtenues par l'intercession du serviteur de Dieu. — Procès de béatification. — Piété des habitants de Futuna et état actuel de l'île. — Parallèle entre nos deux martyrs. (1857-1890.)

LA dévotion des néophytes pour venir prier en ce lieu avait commencé, nous l'avons vu, presque à la mort du Père. Quand ils avaient besoin d'une grâce spéciale, c'est à Poï qu'ils allaient la solliciter. « En m'y rendant, disait l'un d'eux, je voulais demander au Père cette patience héroïque que j'ai vue en lui et que je désirerais pratiquer lorsqu'on agit mal contre moi. »

La croix que nous venons de mentionner avait été plantée par Mgr Pompallier, avant même l'érection de l'église; et dès ce moment l'affluence était devenue plus grande; les néophytes déposaient une couronne sur cette croix chaque dimanche. L'affluence s'accrut bien davantage lorsque l'église fut construite; et tous témoignent que là s'opéraient des guérisons nombreuses.

Ce n'est pas seulement aux indigènes de Futuna que la santé était rendue par l'invocation du P. Chanel; un missionnaire fut guéri pareillement, puis une religieuse, qui faisait partie de la mission de l'Océanie, et aussi une fervente chrétienne, Mlle Perroton qui, étant simple membre du Tiers-Ordre, s'était vouée, par un apostolat nouveau et bien admirable, à instruire les jeunes filles de cette mission.

Ces faits furent attestés en 1861 par le P. Dézest, pour le Procès apostolique ; il ajoutait : « Et moi, indigne ministre du Seigneur, j'ai dû souvent rendre des actions de grâces pour les nombreux bienfaits que je crois avoir obtenus du serviteur de Dieu. » Un autre Père écrivait à la Congrégation des Rites : « Les habitants de Futuna demandent que le vénérable martyr soit proclamé l'éternel protecteur de cette île. » Méitala, le fils de l'ancien roi, avait spécialement exprimé ce désir.

Grâce aux journaux catholiques et aux Annales de la Propagation de la Foi, le martyre de l'héroïque apôtre avait été connu en France au bout de quelques mois. La chaire chrétienne en avait même retenti, notamment à Notre-Dame-des-Victoires, par la bouche de M. Desgenettes. En 1842, eût lieu dans une paroisse du diocèse de Belley, la translation du corps d'une martyre, en présence de Mgr Devie et d'un très nombreux clergé. Le prédicateur, qui avait connu le P. Chanel, fit un discours sur le triomphe de la religion par les martyrs, et célébrant l'arrière-garde de cette grande armée, il fit le récit détaillé de la mort du serviteur de Dieu. « Pourrais-je vous oublier, s'écria-t-il, les yeux baignés de larmes, vous dont le sang fume encore, vous, mon compatriote et mon ami ? Non, j'épanche sur vous ma douleur... Mais pourquoi pleurer sur votre triomphe ? Vous étiez digne de la palme et de la couronne ; triomphez donc ! Peut-être un jour entourerons-nous d'hommages vos restes vénérés... »

C'est surtout dans la Société de Marie que sa mémoire était vivante ; et, soit dans la Société, soit au dehors, des grâces nombreuses furent obtenues par son intercession. On mentionne spécialement trois guérisons éclatantes ; deux eurent lieu dans le diocèse de Clermont, en 1861 et 1878, et la troisième, en 1884, à Montluçon, sur un élève de l'école apostolique. De France, d'Australie arrivaient à Futuna des demandes de messes à célébrer dans la chapelle du martyre. Et cependant, on ne pensait pas en général, dans les premiers temps, que la cause de béatification dût être introduite.

Ce fut le P. Bataillon, devenu évêque et Vicaire de l'Océanie centrale, qui eut l'initiative d'une demande à cet égard. Dans la première visite pastorale qu'il fit à Futuna, en 1844, il avait fait fouiller le sable de la tombe ; on y trouva quelques parties d'ossements, et comme des cheveux et du sang mêlés avec le sable. Il recueillit précieusement le tout dans un coffret de bois qu'il scella ; replaça sur la tombe la croix que Mgr Pompallier y avait fait mettre en 1842 ; puis chargea un missionnaire de recueillir le témoignage des habitants. Ce fut le *Procès-verbal* de 1845. En 1847, il interrogea lui-même les néophytes. Etant allé plus tard à Rome, il eut cette pensée de demander l'introduction de la cause. Il fit au préalable examiner les documents par un avocat célèbre, qui affirma qu'elle était excellente.

Ces documents ne constituaient pas proprement le *Procès de l'Ordinaire,* qui est requis par le Droit canon. Un décret d'avril 1857 accorda, par exception, qu'ils pourraient en tenir lieu, et confia le doute sur l'opportunité de l'introduction à la Congrégation qui s'occupait des martyrs de Corée, de Chine et du Tonkin. Sur le vote unanime de cette Congrégation, Pie IX signa, le 24 septembre 1857, le Décret solennel qui introduisait en effet la cause et permettait de donner au P. Chanel le titre de *Vénérable.*

Ce Décret parle en termes extrêmement beaux de la prédication de l'Evangile, qui, de nos jours, s'accomplit en tous lieux, et même sur ces plages de l'Océanie fermées jusqu'à présent ; puis il mentionne la mort cruelle du P. Chanel et la conversion de l'île qui suivit cette mort. Il fut accueilli avec des transports de joie par la Société de Marie ; et toutefois, elle ne songeait pas d'abord à pousser l'affaire plus loin. Mais le promoteur de la Foi dit au P. Nicolet, qui était postulateur : « C'est une de nos meilleures causes ; poursuivez-la ; le Pape le désire. » Mgr Bataillon fit donc ce qu'on appelle le *Procès apostolique.* Ce procès fut clos en octobre 1861 ; seulement les événements politiques de cette époque empêchèrent qu'à Rome on n'y donnât suite.

En 1873, Pie IX approuva définitivement les constitutions de la Société de Marie, et l'affaire fut alors reprise. On joignit ensemble l'examen du procès apostolique, le procès sur le non-culte, et un autre pour la reconnaissance du corps et l'examen des écrits. En novembre 1875, cette reconnaissance du corps fut faite à Lyon. Quant aux écrits, le théologien chargé de les examiner ayant fait le rapport très favorable dont nous avons parlé, un décret de 1877 déclara que rien, dans ces écrits, ne s'opposait à la cause.

Un rescrit du même mois permit de discuter le martyre avant les cinquante ans fixés par le décret d'Urbain VIII. Un autre décret de 1878 autorisa à unir la discussion des miracles à celle du martyre; cette double question était, relativement à l'issue de la cause, le point principal.

Pour l'examiner, après les Congrégations dites *ante-préparatoire* et *préparatoire*, qui eurent lieu en 1881 et 1886, la Congrégation *générale* se réunit le 21 août 1888, en présence de Léon XIII. Puis, le 25 novembre, dernier dimanche après la Pentecôte, et fête de la glorieuse Catherine, vierge et martyre, le Pontife, après avoir célébré la messe, décréta pour le P. Chanel, comme pour le P. Perboyre, qu'il conste du martyre, de la cause du martyre, des signes et miracles nombreux par lesquels Dieu a confirmé ce martyre.

Pour l'un comme pour l'autre aussi, mais toujours par des actes distincts, la Congrégation des Rites émit, le 12 mars 1889, ce vote qu'*on pouvait procéder avec sûreté à la béatification;* et le jour de l'Ascension, 30 mai, Léon XIII donna sur la même question son décret. Enfin, le dimanche 17 novembre, eut lieu pour le P. Chanel la solennité de la béatification définitive, dans des circonstances analogues à celles qui, le 10, avaient marqué celle du P. Perboyre, et avec le même cérémonial. (V. ci-dessus, p. 33 et suiv.)

Seulement, cette fois, ce fut en présence du dernier groupe des pèlerins ouvriers, un peu moins nombreux que le précédent; les députations de la Société de Marie et du diocèse de Belley remplaçaient celles des Congrégations de Saint-Vincent de Paul et du diocèse de Cahors. La mission de Futuna était représentée par Mgr Lamaze, vicaire de l'Océanie centrale, duquel cette mission dépend; la famille du martyr l'était par deux de ses neveux et un de ses arrière-neveux; et ce fut l'évêque même de Belley qui eut l'honneur de célébrer, comme mandataire du Chapitre de Saint-Pierre, la messe solennelle du Bienheureux, ainsi que de donner la bénédiction, par laquelle se termina la cérémonie du soir.

Le Bref de béatification, qui fut lu avant la messe, offre, dans sa rédaction, une assez grande ressemblance avec le Décret de la Congrégation des Rites, rendu un an auparavant, sur le martyre et les miracles; mais il est rédigé directement, au nom du Pape, comme le sont les Brefs de béatification, et le résumé de la vie de l'apôtre, quoique borné toujours aux grands traits, y est plus étendu.

Ce Bref, daté de la veille, 16, rappelle le dessein de la Providence d'après lequel les progrès de la religion ont été, dès l'origine, achetés par le sang des martyrs, spécialement des prédicateurs de la foi ; et il constate que ce dessein se réalise encore de nos jours, comme on en a la preuve dans le P. Chanel, « dont la vie a été un exemple et la mort une gloire pour le nom chrétien..., et qui a toujours montré en lui aux ministres de l'Eglise..., un modèle achevé de toutes les vertus dont doit être orné un prêtre. »

Le dispositif est pareil à celui du Bref pour le P. Perboyre (p. 34). Le jour où pourront être récités l'office et la messe du P. Chanel est fixé au 28 avril, anniversaire de sa mort, et les lieux où cette récitation est autorisée sont le diocèse de Belley, le Vicariat apostolique de l'Océanie occidentale et les maisons de la Société de Marie.

Cette glorification de l'apôtre de Futuna fut le couronnement de tout le pèlerinage ouvrier ; car pour le groupe qui y assistait, la messe de Léon XIII et sa visite à travers les rangs avait eu lieu la veille, et le lendemain s'opérait le départ.

L'Océanie était la seule partie du monde qui jusqu'a présent n'eût donné à l'Eglise aucun saint ou bienheureux : maintenant ce vide est comblé. Les divers évêques et Vicaires apostoliques de cette région, le cardinal Moran et les quatre autres archevêques d'Australie avaient présenté au Saint-Siège leurs instances pour la glorification du P. Chanel. Les archevêques de Paris, de Bourges, autrefois évêques à Belley, avaient exprimé, ainsi que l'évêque actuel de ce diocèse et l'archevêque de Lyon, des vœux analogues. Le Saint-Père lui-même, à plusieurs reprises, avait témoigné son admiration pour le P. Chanel : « Ce saint prêtre, disait-il, est le modèle de tous les prêtres et de tous les missionnaires. »

Avant de se rendre aux fêtes de Rome, Mgr Lamaze était allé à Belley ; là, le 20 octobre, il prêchait à la cathédrale un sermon sur le nouveau martyr ; le 21, il vénérait au Petit-Séminaire les lieux sanctifiés par sa présence ; et le 24, il était à Lyon pour la reconnaissance de son précieux corps. Comme on le sait par lui, la piété fait toujours à Futuna de nouveaux progrès. Le chiffre même de la population s'y est accru de moitié, et ceci est d'autant plus digne de remarque qu'en général le contact avec la civilisation européenne a été funeste aux indigènes de l'Océanie. « La paix règne entre les deux tribus ; chacune d'elles forme une belle paroisse, — Alo et Sigave, — avec église, presbytère et couvent, le tout construit en pierres. Toutes les jeunes filles sont élevées par des religieuses. » Il existe un collège ; l'île a même fourni quatre étudiants ecclésiastiques, dont l'un est déjà prêtre.

C'est à Poï surtout, sur le tombeau du martyr, que l'on respire un parfum céleste et que l'on continue à solliciter les faveurs insignes. Cet endroit est pourtant une solitude : le groupement de la population a fait transporter le siège de la paroisse à Alo, qui est à deux lieues de là. En octobre 1887, on a béni la première pierre du monument qui est destiné à remplacer l'ancienne chapelle faite de branchage.

C'est un octogone bâti, entouré d'un petit cloître et surmonté d'un dôme avec un rang de vitraux peints. Le monument est beaucoup moins grand que la chapelle primitive, mais il est percé sur chaque face de larges portes qui permettront, les jours d'affluence, d'assister du dehors aux cérémonies. Les habitants travaillent avec ardeur à la construction, et en même temps ils font, avec un naïf enthousiasme, de grands préparatifs pour recevoir les vingt-trois évêques d'Océanie et d'Australie, ainsi que les nombreux pèlerins qui doivent venir célébrer les fêtes de la béatification. Mgr Lamaze est reparti le 1er décembre pour y assister.

A la suite de l'occupation des îles Samoa par la Prusse, ces bons habitants de Futuna ont demandé le protectorat du drapeau français. Ce drapeau flotte sur l'île depuis le 29 juin 1888 ; le résident de France est à Wallis.

Nous avons vu qu'à partir des décrets de novembre 1888 sur le martyre et les miracles, Léon XIII avait tenu à unir la cause du P. Chanel à celle du P. Perboyre. Bien que ces deux serviteurs de Dieu ne se soient point connus en ce monde, la Providence les a rapprochés par des traits frappants.

Si l'un a été le premier martyr et le premier Bienheureux de la Société à laquelle il appartient, l'autre est aussi, après le fondateur, le premier membre de sa Congrégation qui ait été placé sur les autels. Ils sont nés et ils sont morts à un an d'intervalle l'un de l'autre, et par conséquent à peu près au même âge. L'un comme l'autre, ils sont issus d'une modeste famille de la campagne qui comptait huit enfants, ils ont pris part à son travail et ils ont gardé les troupeaux ; ils n'ont pu commencer l'étude du latin, pour devenir prêtres, que grâce à des circonstances particulières ; ils ont été attirés à entrer dans une Congrégation religieuse ; ils ont exercé les fonctions de professeur et de supérieur d'un petit Séminaire ; et partout où ils ont passé, ils ont laissé la trace profonde de leurs vertus. Ils ont obtenu au même âge, trente-trois ans, la faveur, longtemps sollicitée, de partir pour les missions lointaines ; et là, après un ministère de même durée et une vie dont le cours total n'a été que d'environ trente-huit ans, ils ont également reçu la palme du martyre qu'ils appelaient de leurs vœux.[1]

(1) L'un et l'autre aussi sont la première couronne de l'Œuvre de la Propagation de la Foi et ses premiers protecteurs authentiques. Nés à l'époque où la religion fut rétablie en France, ils arrivèrent à l'âge de l'apostolat lorsque cette Œuvre commençait à se développer et ils ont été aidés par elle. C'est ce que dit Mgr Richard dans le mandement qu'il a publié pour le *Triduum* du B. Perboyre, et il émet le vœu que la glorification des deux apôtres marque pour cette Œuvre une ère nouvelle. C'est pour ces motifs que l'Œuvre, qui était représentée déjà aux fêtes de Rome et au *Triduum* de Paris, a obtenu la célébration à Lyon d'un *Triduum*, coïncidant avec le jour de l'Invention de la sainte Croix, en l'honneur des deux martyrs.

L'un et l'autre également, ils ont laissé dans leur diocèse d'origine une mémoire vivante. Celle du P. Perboyre est précieuse au diocèse de Cahors, et le *Triduum* qui a eu lieu en février à la cathédrale de cette ville a brillé d'un vif éclat. Le Bienheureux avait pourtant quitté ce diocèse avant même de commencer ses études. Le P. Chanel au contraire a vécu trente-trois ans dans celui de Belley et son souvenir se lie à toutes les parties de ce beau diocèse : il est né en Bresse, a été vicaire à Ambérieux dans le Bugey, curé à Crozet dans le pays de Gex, et il a passé comme élève, comme professeur ou supérieur, dans toutes les maisons d'éducations ecclésiastiques du diocèse. C'est ce que Mgr Lamaze a fait ressortir dans le sermon sur le Bienheureux, qu'il a prêché à Belley. — Mgr l'évêque de cette même ville a annoncé, par un mandement, un grand *Triduum* dans sa cathédrale pour le 20 avril, et un autre, pour le 28, anniversaire du Bienheureux, à Cuet, où, comme nous l'avons dit, doit s'élever un sanctuaire en son honneur. Le souvenir du P. Chanel est vivant également à Lyon ; pendant ses vingt premières années, il appartint à ce diocèse, et c'est là que son corps repose ; le cardinal Foulon a fait lui-même un mandement pour le *Triduum* du 2 mai. — Quant au P. Perboyre, son souvenir se conserve aussi à Saint Flour ; et il a reçu pareillement là, de la part de l'évêque et des fidèles, de solennels hommages.

Il est vrai que, si le P. Chanel a eu beaucoup à souffrir, le P. Perboyre, durant son horrible captivité d'un an, a dû subir des épreuves bien plus cruelles. Mais si l'intensité des supplices n'a point été pareille pour les deux, pareils ont été le courage et la joie à souffrir.

C'est donc à bien juste titre que le Vicaire de Jésus-Christ, propose ensemble ces modèles à nos hommages et à notre imitation. Puissent, selon le vœu exprimé par lui, puissent leurs exemples nous aider, dans ces temps difficiles, à soutenir, nous aussi, pour la foi, tous les labeurs et tous les sacrifices !

Oraisons propres de l'Office et de la Messe du B. Chanel.

Oraison. — O Dieu qui avez illustré le Bienheureux Pierre-Louis-Marie, votre martyr, par une admirable mansuétude, une brûlante charité et une invincible constance, pour prêcher l'Evangile ; accordez, nous vous en prions que, nous attachant à ses vestiges, nous soutenions jusqu'à la mort la foi que nous professons. Par Notre-Seigneur Jésus-Christ...

Secrète. — Que cette hostie, Seigneur, offerte par nous dans le triomphe du Bienheureux Pierre-Louis-Marie, enflamme constamment nos cœurs du feu de votre amour, et nous dispose aux récompenses promises à ceux qui persévèrent. Par Notre-Seigneur Jésus-Christ...

Postcommunion — Nourris du pain des anges et remplis de la douceur d'en haut, nous vous demandons, Seigneur, en suppliant, qu'à l'exemple du Bienheureux Pierre-Louis-Marie, votre martyr, nous apprenions à mépriser toutes les choses de la terre et à aimer celles du ciel. Par Notre-Seigneur Jésus-Christ...

Oratio. — *Deus, qui Beatum Petrum Aloisium Mariam, Martyrem tuum, ad prædicandum Evangelium mira mansuetudine, flagranti charitate, et invicta constantia decorasti : da nobis quæsumus ; ut ipsius vestigiis inhærentes, fidem quam profitemur, usque ad mortem teneamus. Per Dominum...*

Secreta. — *Hæc hostia, Domine, quam in Beati Petri Aloisii Mariæ triumpho deferimus, corda nostra tui amoris igne jugiter inflammet ; et ad promissa perseverantibus præmia disponat. Per Dominum...*

Postcommunion. — *Angelorum pane nutriti et superna dulcedine perfusi, te, Domine, suppliciter exoramus, ut Beati Petri Aloisii Mariæ, Martyris tui exemplo, discamus terrena cuncta despicere et amare cœlestia. Per Dominum...*

LAUS DEO.

Table des Matières.

LE BIENHEUREUX JEAN-GABRIEL PERBOYRE

I. Enfance et jeunesse du Bienheureux. — Son entrée dans la Congrégation de la Mission (1802-1823) 6
II. Premiers emplois à Montdidier et à Saint-Flour. — Fonction de sous-directeur du séminaire interne à Paris. — Départ pour la mission de la Chine (1823-1835) . 9
III. Voyage du Hâvre à Macao, et de Macao à la mission du Ho-Nan (1835-1836) 13
IV. Travaux apostoliques dans le Ho-Nan et le Hou-Pé (1836-1839) 16
V. Arrestation de M. Perboyre. — Interrogatoires qu'il subit en divers lieux. — On le conduit à Ou-Tchang-Fou, capitale du Hou-Pé (1839) 18
VI. Autres interrogatoires, tortures et horrible prison qu'il subit à Ou-Tchang-Fou (1839-1840) 21
VII. Condamnation à la peine capitale. — On attend la ratification de l'Empereur. — Mort glorieuse du martyr (janvier-septembre 1840) 25
VIII. Vénération dont il est l'objet ; ses vertus et ses lumières. — Faits extraordinaires. — Procès de béatification (1840-1889.) 28

LE BIENHEUREUX PIERRE-LOUIS-MARIE CHANEL.

I. Premières années du Bienheureux. — Sa vie de berger. — Il étudie au presbytère de Cras. (1803-1819). 37
II. Séjour aux petits séminaires de Meximieux et de Belley (1819-1824). 41
III. Entrée au Grand Séminaire. — Ordinations. — Première messe. (1824-1827) 46
IV. Le Bienheureux, vicaire à Ambérieux, puis curé à Crozet. (1827-1828) 50
V. Ce qu'il opère à Crozet pour le bien des âmes. — Sa charité. — Son zèle pour l'église et le culte divin. (1828...) 51

VI. Soin de sa propre sanctification. — Son désir des missions lointaines et de la vie religieuse. — Il entre dans la Société de Marie. (1828-1831) . . . . . .

VII. Le Bienheureux, professeur, puis directeur spirituel au petit séminaire de Belley. — Voyage à Rome. (1831-1835). . . . .

VIII. Il devient supérieur à Belley, et obtient d'être envoyé en Océanie. (1835-1836) . . . .

IX Le Bienheureux quitte le Séminaire de Belley. — Profession religieuse. — Départ pour Paris et le Hâvre. (1836) . . . .

X. Voyage du Hâvre à Taïti et de Taïti à Futuna. (1836-1837). . . . .

XI. L'île de Futuna. — Premiers temps de séjour. — Le journal du missionnaire. (1837-1838). . . . . .

XII. Voyage du Bienheureux à Wallis près du P. Bataillon, et de celui-ci avec trois autres Pères à Futuna. — Guerre à Futuna. (1838-1839). . . . .

XIII. Courses apostoliques dans l'île. — Arrivée du P. Chevron et du F. Attale. (1839-1840). . . . .

XIV. Commencement de la persécution. — Départ du P. Chevron. — Menaces contre le serviteur de Dieu. (1840-1841). . . . .

XV. Conversion du fils du roi. — La mort de l'apôtre de Futuna est décidée. — Son martyre et sa sépulture. (avril 1841). . . . .

XVI. L'île entière embrasse la foi. — Dévotion à venir prier sur la tombe du martyr. (1841-1844). . . . . . .

XVII. Grâces obtenues par l'intercession du serviteur de Dieu. — Procès de béatification. — Piété des habitants de Futuna et état actuel de l'île. — Parallèle entre nos deux martyrs. (1857-1890) . . . .

Tournai, typ. Casterman.

www.ingramcontent.com/pod-product-compliance
Ingram Content Group UK Ltd.
Pitfield, Milton Keynes, MK11 3LW, UK
UKHW021926230726
13925UKWH00007B/1105

9 782014 096521